《广告与设计》系列教材

《POP广告设计》

POINT OF PURCHASE ADVERTISING DESIGN

编著 / 董景寰 卢国英 姜智彬 田新民

上海人民美術出版社

主　　　编　　张祖健
副　主　编　　董景寰
编　　　委　　董景寰　　王一力
　　　　　　　吴为善　　姜智彬
　　　　　　　程士安　　张祖健
　　　　　　　王天平
　　　　　　　张　晶（执行）
审　　　核　　李　新

责 任 编 辑　　张　晶
装 帧 设 计　　卢国英
技 术 编 辑　　季　卫

参编院校
上海大学	上海应用技术学院	上海师范大学
复旦大学	上海工程技术大学	上海外国语学院
同济大学	华东理工大学	上海建桥学院

序

本书是广告学科培养学生设计制作能力的基本教材。全书用较少的篇幅讲明ＰＯＰ广告的基本理论，重点在实际操作，包括ＰＯＰ的视觉要素设计、平面设计、色彩应用、手绘ＰＯＰ、立体ＰＯＰ、ＰＯＰ的电脑设计等。本书的主要特点是对ＰＯＰ广告的设计制作过程作了详细的表述，制作的步骤方法——说明使读者能看图自会。本书藉经验丰富的高校教师之力，以及上海人民美术出版社的通力合作，才得以面世。

此书可作为广告学专业的基本教材。

目录 CONTENTS

1

POP 广告概述

1 POP 广告概述

数据表明，95％以上的消费者在身临销售现场时，会出现忘却原有记忆形象和特定信号，游离在各种品牌面前犹豫不决的情况。因此，40％的消费者是在现场决定购买商品的。在欧美、日本等西方经济发达国家，以及我国香港、台湾等经济发达地区，更多的企业在市场营销方面已进入细化营销阶段，许多企业通过在终端通路（即卖场售点）进行市场生动化管理，巧做 P O P 广告，使产品销售得到了不同程度的提升。事实上，国外一家市场研究机构曾在 5 个超级市场针对360 种商品做了一个有关生动化展示（售点 POP 广告）的效果测定，研究结果表明：有生动化展示（POP 广告）的商品在同期销售额上比没有生动化展示的商品明显高出一截，最高的达到425％。商品销售与 POP 广告密切相关，是因为 POP 广告能营造出良好的售点氛围，通过刺激消费者视觉、触觉、味觉和听觉，引起消费者购买冲动，商家如能有效地使用 P O P 广告，会使消费者感受到购物的乐趣，且购买信息会对消费者的购买行为产生极大的影响，提高其品牌忠诚度和美誉度，并树立良好的产品和企业形象。

1—1 POP 广告的内涵与发展

1—1—1 POP广告的内涵

1、POP 广告的定义

POP 是英文 Point Of Purchase 的缩写，意思是"售点"或"销售现场"。P O P 广告是在销售现场，通过宣传商品，吸引顾客并引导顾客了解商品内容或商业性事件，从而诱导顾客产生参与动机和购买欲望的商业广告。它一般出现在超市、商场、百货商店、摊铺等零售现场，所以又称零售广告、售点广告、销售现场广告或店头陈设广告。它通过音乐、色彩、造型、文字、图案等手段，向顾客强调产品具有的特征和优点，凸显产品特质，能起到很好的映衬作用。因此，ＰＯＰ广告被人们喻为"第二推销员"。ＰＯＰ广告的概念有广义的和狭义的两种：广义的ＰＯＰ广告概念，是指凡在商业空间、购买场所、零售商店的周围、内部以及在商品陈设的地方所设置的广告物，都属于ＰＯＰ广告，它包括商品销售场所的广告牌、

店外悬挂的充气广告、霓虹灯、电子闪光灯、灯箱、货架陈列、橱窗、招贴画、商品招牌、门面装饰、广告表演等不同方式的广告，还包括在售点发布的各种媒介广告，如包装纸、奖券、及广播、录像电子广告牌广告等。狭义的ＰＯＰ广告概念，仅指在购买场所和零售店内部设置的展销专柜，以及在商品周围悬挂、摆放与陈设的可以促进商品销售的广告媒体。

ＰＯＳ是Point Of Sales的缩写，意思是：贩卖点的广告。ＰＯＰ与ＰＯＳ的意思是相同的，只是角度不同：ＰＯＰ是从购买者的角度来看待广告，ＰＯＳ是从销售者的角度来看待广告。在以消费者为中心的时代，本书使用ＰＯＰ的概念而不是ＰＯＳ的概念，主要是为了体现当代营销理念的新进展。

2．ＰＯＰ广告的特点
销售点广告除具有各类事前广

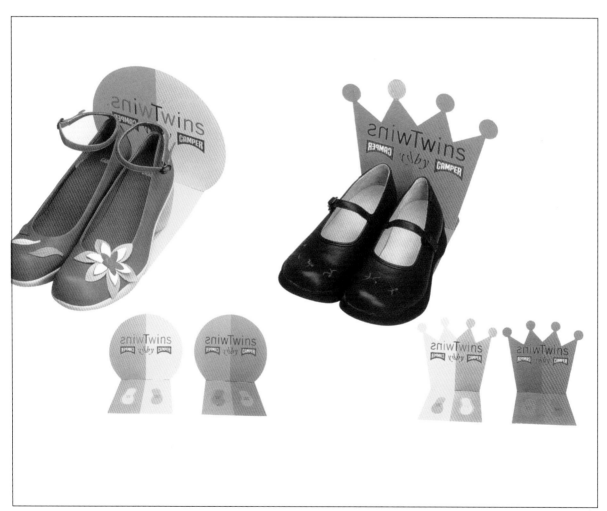

图1-1：狭义的POP广告：鞋类广告

告所具有的吸引注意、激发兴趣、传达信息、美化生活的基本功能外，还具有其自身的一些特点。

（1）与其他起点广告相比，售点广告是最终的广告，以促成现场最终交易为目的。因此，售点广告要创造一种即时购买与消费的气氛。

（2）销售点与商业服务点广告属于自营综合性广告，具有较强的自主性、主动性和灵活性，其决策、设计、制作与发布等，一般都是由广告主自主进行。即使部分商品附带的售点广告，如商品吊旗、招贴，商品座牌与灯箱广告等，具体的布置、应用及展示都需经销售营业主在销售点统一安排。

（3）销售点广告的形式手法与商品陈列销售方式或商业服务方式密切结合，形式灵活多样，不拘一格，不断地适应销售方式与服务方式的变化而同步发展。

（4）由于POP广告以促成现场交易为目的，要求整体格调清

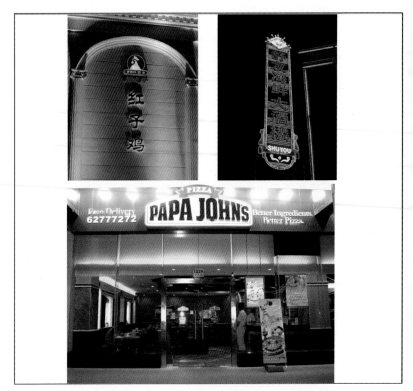

图1-2：广义POP：店面招牌、霓虹灯广告和橱窗广告

新、简洁明快、引人注目、激发兴趣，因此，广告的内容与表现形式手法力求简明新颖，组合巧妙，令人愉悦。

1—1—2 POP广告的发展

图1-3：具有鲜明特点的POP广告：从折叠样品框架中可以看到时尚新款

1．POP广告的缘起

在我国古代，酒店外面挂的酒葫芦、酒旗，饭店外面挂的幌子，客栈外面悬挂的幡帜，或者药店门口挂的药葫芦、膏药或画的仁丹等等，以及逢年过节和遇有喜庆之事的张灯结彩等，从一定意义上来说，都可以称作POP广告的鼻祖。正式意义上的POP广告起源于美国的超级市场和自助商店里的店头广告，1930年在美国首先出现。当时美国卖香烟的店铺前，都放置一座印第安人的雕像，作为告知和招揽顾客的标志。随着工商经济的发展，这种标志逐渐受到企业厂商的广泛运用，成为广告媒体中的专业术语：POP广告。在竞争日益激烈的商场

环境中，许多厂商为了缩短与消费者的距离，纷纷把生产与销售融入一体，并重视各种销售推广。由于POP广告扮演的正是商品与消者之间的沟通工具，因此迅速成为商品销售活动中不可或缺的角色。20世纪30年代后期，POP广告在超级市场、连锁店等自助式商店频繁出观，并逐渐为商界所重视。由于超级市场的出现，商品直接和顾客见面，大大减少了售货员，节约了商场空间，这不仅加速了商品流通的速度，而且缩减了商业成本，促进了商品经济的繁荣。但碰到的最尖锐的问题，就是如何利用广告宣传，在狭窄的贷架、柜台空间，在顾客浏览商品或犹豫不决的时候，恰当地说明商品内容、特点、优惠性、甚至价格、产地、等级等等，吸引顾客视线，触发顾客兴趣，并担当起售货员的角色，使顾客很快地经历瞩目、明白、心动并决定购买的购物心理过程。在这种形势下，POP广告这种新的广告形式就应运而生，它在整个商品销售过程中成了一个"无声的销售员"。1939年，美国POP广告协会正式成立后，自此POP广告获得正式的地位。由于20世纪60年代以后，超级市场这种自助式销售方式由美国逐渐扩展到世界各地，所以POP广告也随之走向世界各地。由于POP广告具有很高的经济价值，而且其成本也不高，所以，它虽起源于超级市场，但同样适合于一些非超级市场的普通商

场，甚至于一些小型的商店等一切商品销售的场所。也就是说，POP广告对于任何经营形式的商业场所，都具有招揽顾客、促销商品的作用。同时，对于企业又具有提高商品形象和企业形象知名度的作用。

2、手绘POP时代

20世纪60年代以来，由于日本引进店头展示的行销观，店家们开始重视门面的包装，而店面上出现大量以纸张绘图告知消费者讯息的海报，有批量印刷和手工绘制的两种，形成一波流行风潮，而其中最令人侧目的就是手绘POP的兴起。早期POP手绘海报十分简单，从不重视美观仅在乎告知讯息的文字POP，直至最

近演变出的一波手绘POP文化，大量图案及素材活泼地呈现在海报纸上，色彩丰富引人注目。手绘POP是近年来新兴的一项艺术，除了应用于商业上，在校园内也逐渐流行起海报绘制的潮流，举凡社团活动、学会宣传、校际活动，无不利用五光十色的手绘海报来告知。当POP广告仅仅用来促进销售时，多数是由超市经营者自己来操作，所以一般都较为简单，从而形成手绘POP的形式。手绘POP广告的制作原则是：容易引人注目，便于阅读，明确解释广告诉求点，有创意，有美感。手绘POP广告的说明义字一般在150字比较适中，文字内容必须能清楚的表明促销品的具体特征、

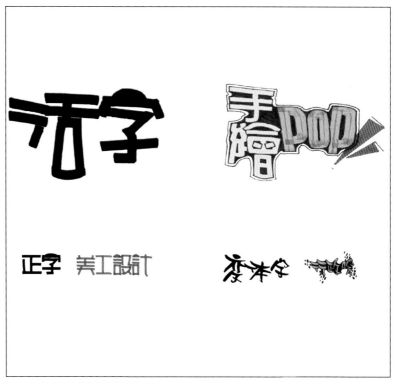

图1-4：手绘POP广告的字体类型

对消费者的效用价值在哪里、介绍商品的使用方法。手绘POP广告的特点是：

（1）有极强的针对性。手绘POP广告能根据销售地点的商品陈列布局、店面空间情况、促销的商品以及促销的手法特别绘制，完全适合超市促销的要求，具有很强的针对性。

（2）制作灵活，快捷。手绘卖场广告，不必经过严格的审查也不必进行精密的构思，一切都是随卖场及顾客的需求。商品的更换、竞争的需要、市场的变化而绘制的，因此制作灵活，快捷。

（3）费用极低。手绘卖场广告的制作材料相当便宜，花费不大。但超市必须注意选用创意好，表现力强的手绘人员，尽管其薪酬稍高，但也是划算的。

（4）促销效果显著。手绘卖场广告以其极强的针对性、强烈的视觉冲击，同时融合了卖场的各种因素，因而能起到很好的促销效果。

（5）具有亲切感。由于用富有变化和亲切感的文字、图画来制作，使POP广告与顾客沟通交流时，倍显自然亲切，给人一种轻松舒适、一目了然的视觉享受。

3、电脑POP时代

如果用POP广告对产品及企业形象进行宣传，并由此来促进销售时，一般会聘请专业的设计人员或委托专业的广告公司来完成。所以，这类广告的质量一般都

图1-5：文图并茂的手绘POP

相当精美，对商品及企业本身也具有相当的针对性，且批量生产，并涉及与产品销售有关的所有环节，进行大范围、大规模促销活动。

在国外的零售企业中，POP完全通过专业的软件产品由电脑实现。方便快速、成本低廉的电脑制作方式使POP满足现代化的超市营销需要成为可能。由于电脑POP可以克服手绘POP的种种弊端，并且形式规范，在输出具有丰富色彩和图形的POP方面具有更加明显的优势，特别适合中大型超级市场业的需要。在欧美等零售业发达的国家，电脑POP已经成为零售行业的标准规范。超市中的许多卖场广告都是用电脑设计好，并印刷出来，同时许多卖场广告都由供应商提供，超市只需陈列与张贴即可。

4、POP广告的发展趋势

近年来，POP广告呈现如下发展趋势：

（1）系列POP广告。为了有效地配合促销活动，在短期内形成一个强劲的销售气氛，单

一的POP广告已经不能胜任，为此，多种类型的系列POP广告媒介同时使用，可以使营业额急速升高，所以，现在POP广告已从单一向系列发展。尽管我国的POP广告尚处于初级阶段，但是我们仍应注意这一特点。

（2）新技术POP广告。随着科学技术的发展，新技术、新工艺、新材料不断涌现，将声、光、电、激光、电脑、自动控制等技术与POP广告相结合，产生一批全新的POP广告形式。运用高科技技术制作POP广告，虽然成本较高，但是其效果却是普通POP广告所无法比拟的。如动态式POP用隐藏式电动机上下左右回转；光源式POP利用光源将文字、图案照亮展示，增强视觉效果。这些新技术被综合使用在POP广告中，大大提高了POP广告的传播与营销效果。

（3）形象主导型广告。POP广告的终极目标是把商品卖出去，所以常见的POP海报大多以减价、折让、优惠销售等为主要诉求内容，借价格落差吸引顾客。以价格这一敏感的市场因子为主导的POP广告，确能在一

图1-6： 形式多样的电脑POP

段时期内产生〝激励〞作用，诱导大量顾客购买，但时间一久，则会由于过度刺激，引起消费者的心理疲惫，销售自然疲软。现在，越来越多的零售店主认为，价格不再是决定消费者去何处购物的主要因素，顾客在零售店购买的不仅仅是商品本身，还有满足他们心理需求的零售形象。而零售形象一旦在顾客心目中确立，将成为一笔稳定的无形资产，为零售店带来长期销售利润，而且作为一种温和的隐蔽的竞争手段，不易引起同行竞争者之间的矛盾，可以在不知不觉中抢占市场份额。这样，POP广告的领域已从单纯的商品POP，扩展到整个零售店的形象POP领域。在西方发达国家，对零售业而言，价格促销战略统治广告的时代已经结束，如英国MFI零售店以〝看看我们的现在〞的形象广告口号，宣告了与单纯的价格促销战略的决裂。在今天的中国商业社会，越来越多的零售店也开始放弃将价格作为POP广告主题的做法，转而像厂商推销自己的商品品牌那样，开始推销自己的零售形象，实施从〝短期激励〞

的价格主导型POP向注重〝长期投资〞的形象主导型POP的转移。北京西单商场的〝把一片爱心，耐心，热心，诚心奉献给您〞的形象POP广告，就生动地反映了这一变化。

1—1—3 POP广告的结构

1、POP广告的三要素

POP广告的三要素是文字、色彩与编排。POP广告用的字体，单单是印刷体就有百种以上。如果是手写的话，那其中所变化出来的字体，更是无穷无尽，且这些字都是具有感情的。要依照商品的形象、商品的诉求内容和消费者群体的特点，恰当地运用文字特点与措词风格，使POP广告更具吸引力，比如儿童玩具类的POP广告应该活泼可爱。

POP广告纸张色彩的使用要恰到好处，突出季节感，如春天可以使用粉色调；夏天可以使用蓝、绿色调；秋天可以使用橙、黄色调；冬天则可以使用红色调。

编排也称排版，首先决定直式

或横式，落笔时要注意四边留有空间，以免版面飞散，不够集中，给人以粗制滥造感。其次，字体大小要适中，既能让受众看清楚，又能充分表达广告信息。

2、POP广告的文案结构与特点

POP广告的文案的一般结构是：引人注意的文句标题——装饰——插图。

（1）引入注意的文句。其主要的用意是在引起顾客的注意，至于与主题有没有直接的关系，并不重要。例如：春天：〝春暖花开〞、〝西湖春晓〞、〝春之颂〞、〝早春特卖〞、〝新春行大运〞、等；夏天：〝夏日活力〞、〝凉夏美食展〞、〝清凉一‘夏’〞、〝‘夏’之恋〞、〝新新人类〞、〝疯狂一‘夏’〞等；秋天：〝秋之颂〞、〝贺升学，祝入学〞、〝花好月圆，送礼的好季节〞、〝贺中秋，庆团圆〞、〝秋高气爽〞、〝中秋夜，情意浓〞等；冬天：〝吃火锅的季节，火锅料大特卖〞、〝冬令进补，大家一起〞、〝送旧迎新，跨年大特卖〞等。

（2）标题。标题最主要的目的，是要引起顾客的注意，进而走近观看（只要顾客愿意看，就会增加销售的机会），标题的〝字数〞不可太多，最好在10字以内。标题可分为主标题和副标题。主标题是POP的重心，最能留住观众的目光，所以字体一定要醒目、清晰、容易阅读，字数不要过多，以2秒钟左右读完为限。如果主标题无法充分说明内

图1-7：POP广告三要素的运用

读。POP广告中应该重点突出文字部分的内容，避免底色花哨而影响文字内容，产生喧宾夺主的不良效果。

（5）插图：利用简单的小插图来修饰，摆脱纯粹文字POP的单调无味。但应尽量避免过于精细或过于粗糙。

1-2 POP广告的功能

1-2-1 POP广告功能的三个维度

POP广告对消费者、零售商、厂家都有重要的促销作用：

1、POP广告对于消费者的功能

（1）告知商品信息，激发购买动机。POP广告可以告知新产品上市的信息，传达商品的内容，使店内的顾客认知产品并记住品牌、特性；告知消费者商品的使用方法和注意事项；消

容，或为了使内容更能吸引观众，则要使用副标题来补充说明。设计时，要将观众的目光由主标题－－副标题－－具体内容的正文一路引导，这样的POP才是成功的。

（3）正文：正文是POP广告中，将内容、目的充分说明的文案，书写时要注意：简明扼要，避免语句不顺；最具魅力的信息

应写在前面，诱使读者往下阅读；书写行数尽量在7行之内，每行不要超过15字。

（4）装饰：饰框、图案底纹是较常用的方法。其中字的修饰很重要，但要注意的是：大字不修饰会显得单调，小字太多修饰会防碍阅读。饰框主要的用途是将POP的内容与旁边的其他事物隔离开，便于顾客阅

图1-8：POP广告的文案结构与表现艺术

费者在对商品已有所了解的情况下，POP广告可以加强其购买动机，促使其下定决心购买，帮助消费者选择商品等。特别是在开展赠品促销活动时，可以充分利用POP广告的媒体特性。

（2）符合消费习惯，促进轻松购物。POP广告可以凭借其新颖的图案，绚丽的色彩，独特的构思等形式引起顾客注意，使之对广告中的商品产生兴趣，唤起消费者潜在的购买意识。由于POP广告符合现代消费者的消费习惯，具有其他促销手段所无法比拟的优势，在当今零售行业中，担负着商品销售的重要角色。

2、POP广告对于零售商的功能

（1）运作成本低廉，制作简单快捷。手绘式POP广告不需花费太多制作经费，不需精美的印刷加工，只需少许创意和一些简单的工具，就可以随手绘写出漂亮的POP广告。其特点是可以迅速提供商品情报，与顾客沟通情感。麦克笔的出现与应用，更促进了手绘式POP广告的发展。机器制作的POP广告，由于电脑制作技术的发展和快速印刷技术的普及，其制作也十分方便。据美国学者对POP广告成本的统计，每千人成本不足50美分，从而使POP广告的作用较之其他类型的广告更突出，是超市等零售商开展市场营销活动、赢得竞争优势的利器。而且，POP广告可以代替服

务人员说明商品特性和使用方法，降低经营成本，POP广告经常使用的环境是超市，而在超市中是自选购买方式，当消费者面对诸多商品而无从下手时，摆放在商品周围的一则杰出的POP广告，可以忠实地、不断地向消费者提供商品信息，起到吸引消费者并促成其购买的作用。

（2）展示商品信息，提高销售业绩。在超市的货架上、墙壁上、天花板下、楼梯口处，POP广告都可将有关商品的信息及时地向顾客进行展示，通过音乐、色彩、造型、文字、图案等手段，传达广告商品的信息，刻画广告商品的个性，从而使顾客了解产品的功能、价格、使用方法以及各种辅助服务等信息。此外，POP广告还可以制造出轻松愉快的销售氛围，提高零售店的舒适性，从而促使消费者产生购买冲动，提高零售店的销售额。

3、POP广告对于厂商的功能

（1）塑造企业形象，保持顾客好感。POP广告是企业视觉识别中的一项重要内容，厂商可将自己的标识、标准字、标准色、企业形象图案、宣传标语、口号等制成各种形式的POP广告，以塑造富有特色的企业形象。当消费者一接触到这些标识时，就会明白，它代表哪些企业以及这些企业的经营特色。POP广告同其他广告一样，在销

售环境中可以起到树立和提升企业形象，进而保持与消费者的良好关系的作用。

（2）创造销售气氛，支持终端销售。利用强烈的色彩、美丽的图案、突出的造型、准确而生动的广告语言，厂商制作的POP广告可以创造强烈的销售气氛，吸引消费者的视线，促成其购买冲动。此外，POP广告还能用来配合季节、节假日进行促销，营造一种欢乐的气氛。厂商的POP广告既促进了商品销售，又支撑了零售店的销售业绩。

图1-9：符合消费者心理的POP广告

图1-9：符合消费者心理的POP广告

1-2-2 POP广告功能的三个阶段

国外众多学者对消费者的购买行为做过各种各样的研究，得出基本一致的结论："顾客在销售现场的购买中，三分之二左右属非事先计划的随机购买，约三分之一为计划性购买。"而有效的ＰＯＰ广告，能激发顾客的随机购买（或称冲动购买），也能有效地促使计划性购买的顾客果断决策，实现即时即地的购买。不论哪种购买形态，有效的ＰＯＰ广告都要经过以下三个功效阶段的递进，完成促销功能的实现。

1、吸引顾客注意，引导顾客进店

既然在实际购买中有三分之二的人是临时做出购买决策，很显然，零售店的销售与其顾客流量成正比。ＰＯＰ广告促销的第一步就是要吸引顾客注意，引导顾客进入商店。一方面，应利用店面ＰＯＰ极力展示商店的自我特色和经营个性。首先应明确告知商店的经营特征，如中国古代店铺门口垂于竿头的"幌子"，婚纱照相馆门楣上方悬挂的"花轿"，麦当劳快餐店门口的"Ｍ"标志等；其次，应利用店面ＰＯＰ海报及时告知商店的个性化服务，如２４小时营业、价格更优、短缺商品的供给等等；再者，店名也应讲究创意个性，如某服装店起名"不被遗忘的女人"，令众多女性推门而入，选购漂亮时装，以免被人遗忘。另一方面，要通过营造浓烈的购物气氛，引人进店。全

商品	没有用pop广告的销售量	使用pop广告的销售量	增长率	pop广告短语
洗衣粉（500）	22	40	82%	清爽一片，浓情无限
醋汁（300mg）	51	60	18%	调出生活好美味
洗发水（750mg）	30	42	40%	想拥有更自然的头发吗
牛奶（250mg）	221	412	86%	健康您的人生
浓缩果汁（1000mg）	12	23	92%	营养丰富的果汁送您美丽生活
炒锅	8	13	63%	盛满全家人的幸福感受
麦芽啤酒（250mg）	89	125	40%	让您的餐桌更营养更丰盛

表1-1 日本一家超级市场POP广告短语促销效果

方位ＰＯＰ广告的整体组合，再加上清新怡人的店内空气、轻柔舒缓的背景音乐和冬暖夏凉的适宜温度，势必能增加顾客流量。特别是在节日来临之际，针对性强的、富有创意的ＰＯＰ广告更能渲染特定节日的购物气氛，促进关联商品的销售。

2、展示商品信息，引发购买欲望

商品若能产生使顾客驻足详看的力量，其ＰＯＰ广告必须紧紧抓住顾客的兴趣点。别出心裁、引人注目的ＰＯＰ展示能诱发顾客的兴趣。如ＡＺＩＺＡ化妆品的ＰＯＰ展示架设计成两翼状排列，上边竖板上青春靓丽的少女头像，充分体现现代女性的美感和化妆品的独特功效，令人驻足流连。另外，现场操作、试用样品、免费品尝（食品）等店内活广告形式，也能极大地调动顾客的兴趣，诱发购买动机。

3、针对顾客心理，激发最终购买

激发顾客最终购买是ＰＯＰ广告的核心功效。为此，必须抓住顾客的关心点和兴奋点。导致顾客产生购物犹豫心理的原因是他们对所需商品尚存有疑虑，有效的ＰＯＰ广告应针对顾客的关心点进行诉求和解答。价格是顾客的一大关心点，所以价目卡应置于醒目位置；商品说明书、精美商品传单等资料应置于取阅方便的ＰＯＰ展示架上；对新产品，最好采用口语推荐的广告形式，说明解释，诱导购买。研究表明，在专售某商品的"特卖场"中，若有人员的口语推荐，可产生１０倍的销售力量。另外，设计富有震撼力的ＰＯＰ广告可诱发顾客的兴奋点，促成冲动购买。ＢＩＬＬＹ牛仔的壁面ＰＯＰ广告，画面是一对身着ＢＩＬＬＹ牛仔的潇洒男女在欢乐地相戏——体魄强健的男子反背起妩媚动人的女友，广告语"别让人偷走你的梦"。许多年轻

情侣在此驻足观望，被温馨欢愉的气氛深深陶醉，最终毫不犹豫地掏钱购买。

根据美国DSB商业研究机构对美国本土100家大型零售商店的研究显示：促销类POP的科学应用，可以使商店内单品销售成绩提高50％到300％，使整体销售成绩提高30％到100％。

1—3 POP广告的分类

POP广告在实际运用时，可以根据不同的标准对其进行分类，不同类型的POP广告，其功能也不尽相同。

1—3—1 按POP广告的使用周期进行分类

POP广告在使用过程中的时间性及周期性很强。按照不同的使用周期，可把POP广告分为三大类型，即长期POP广告、中期POP广告和短期POP广告。

1、长期POP广告

长期POP广告是使用周期在一个以上的POP广告类型。其主要包括如门招牌POP广告，柜台及货架POP广告、企业形象POP广告。其中门招牌POP等，一般是由商场经营者来完成POP形式。由于这些POP形式所花费的成本都比较高，使用周期都比较长。而企业形象和产品形象的POP，由于

一个企业和一个产品的诞生周期一般都超过一个季度，所以对于企业形象及产品形象宣传POP广告，也必然属于长期的POP广告类型。因为长期POP在时间因素上的限制，所以其设计必须考虑得极其精道，而且在产生的成本上也相对提高，一般都在几十到上百万的投资。

2、中期POP广告

中期POP广告是指使用周期为一个季度左右的POP广告类型。其主要包括季节性商品的广告，商场以季节性为周期的POP等，像服装、空调、电冰箱等因使用时间上的限制，以及橱窗随商品更换周期的限制等，使得这类POP广告的使用周期也必然在一个季度左右，所以属中期的POP广告。中期POP广告的设计与投资，可以在长期POP广告的档次下作适当的考虑。

3、短期POP广告

短期POP广告是指使用周期在一个季度以内的POP广告类型。如柜台展示、POP展示卡，展示架以及商店的大减价、大甩卖招牌等。由于这类广告的存在都是随着商店某类商品的存在而存在的，只要商品一卖完，该商品的广告也就无存在的价值了，特别是有些商品由于进货的数量，以及销售的情况，可能在一周甚至一天或几小时就可售完，所以相应的广告的周期也可能极其短暂。对于这类POP广告的投资一

般都比较低，设计也相对地不太讲究。当然就设计本身而言，仍应在尽可能的情况下，作到符合商品品味。

1—3—2 按POP广告的制作主体进行分类

按照POP广告的制作主体有三类：一是生产商制作的POP广告；二是代理商制作的POP广告；三是零售商制作的POP广告。

1、生产商制作的POP广告

生产商制作的POP广告是指生产、制造产品的厂商为促销自己生产的商品，而大量制作并分送到各零售店使用的POP物品。由于其商品销售范围和顾客范围广泛，通常制作通用性强，易张贴悬挂的POP广告。当POP广告上升到一种对产品及企业形象宣传，并由此来促进销售的时候，POP广告的设计与制作就成了一件极严肃认真的事，这一类型的广告由企业自己来完成。其具体方法可以是由企业自己的广告部及专业设计人员来设计完成，或委托专业的广告公司来代理完成。厂商制作的POP广告，主要是针对自己商品的促销，对于店铺方面考虑较少。

2、代理商制作的POP广告

代理商制作的POP广告是指以商品代理商针对促销商品的需求，而规划设计制作，并通过业务人员送达或随货附送方式，提供各

名称	具体形式	功能
外置pop	超级市场招牌、旗子、布幕、条幅	1、告知顾客这里有家超级市场
		2、告知顾客这家超级市场所售商品种类
		3、告知顾客这家超级市场正在做促销活动
店内pop	卖场引导pop、特价pop、气氛pop、厂商通报、广告版	1、告知顾客某种促销商品的陈列位置
		2、告知顾客某种商品的促销形式及优惠幅度
		3、传达商品情报及厂商信息
陈列现场pop	展示类、分类广告、价目卡	1、告知顾客超市某种商品的品质、使用方法
		2、帮助顾客挑选商品
		3、告知顾客广告品或推荐品的位置、尺寸及价格
		4、告知顾客商品的名称、数量、价格，以便顾客作出购买的决定

表 1-2 外置 POP、店内 POP 及陈列现场 POP 的形式与功能

3、零售商制作的 POP 广告

零售商制作的 POP 广告是指零售店为独自促销商品而制作的 POP 广告。当 POP 广告仅仅是用来促进销售的时候，主要是由店铺或商场的营业员或美工自行动手制作，如商店里常常都会看到的大减价招牌等。它数量较少而样式较多，虽然其生产效率远不及厂商制作的 POP，但可针对店铺的需要，制作出更能突出店铺特色的 POP 广告。当然，由经销商进行的 POP 广告，也有做得经较严肃而精美的，特别是一些由商店设计的长期使用的 POP 广告，如橱窗式的 POP，门招式的 POP 等。一般对于这些要求高的广告，零售商可以委托广告公司或装饰公司设计制作。

1-3-3 按照 POP 广告的摆放位置进行分类

按照 POP 在超市中的摆放位置及其所起到的作用，可以分成三类，即外置 POP、店内 POP、陈列现场 POP，见表 1-2 所示。

1、外置 POP 广告

它的主要功能是"识别"和"诱发"。"识别"就是使消费者迅速地、不费力地认识商店的性质和面貌。"诱发"就是促使消费者产生购买动机，进而实现销售。

（1）店面 POP 广告。即商场与店铺的门面广告。包含店铺牌匾、招牌（吊牌、立牌、座牌）、象征性标志（标徽、旗帜等），商品信息彩条、横幅、彩喷与手绘的 POP 广告，真人与假人模特广告等。

（2）橱窗 POP 广告。橱窗式 POP 放置在橱窗内以烘托样品形象或附上具有装饰效果的精致印刷品，起到很好的销售与传播效果。它是以视觉刺激为主，通过实物来激发消费者对商品产生兴趣和注意。橱窗广告的特点是真实性、空间性和适应性。

2、店内 POP 广告

店内 POP 广告包括壁面广告、吊挂广告和地面广告等。这些广告是最接近消费者购买的广告，具有直接促进消费者决策的作用，能够起到无声推销的功能。店内 POP 广告，要求做到：醒目、高雅、精致。

（1）壁面 POP 广告。壁面 POP 广告是陈列在商场或商店的壁面上的 POP 广告形式，如海报板、告示牌、装饰旗、垂幕吊旗为主，兼有美化壁面的功能。在商场空

间中，除墙壁为主要的壁面外，活动的隔断，柜台和货架的立面、柱头的表面、门窗玻璃等都是壁面ＰＯＰ可以陈列的地方。运用于商场的壁面ＰＯＰ，在形式上有平面的和立体的两种形式。平面的壁面ＰＯＰ，就是招贴广告。立体的壁面ＰＯＰ，由于壁面展示条件限制，主要是以半立体的造型为主。所谓半立体的造型，也就是类似浮雕的造型。

（2）吊挂ＰＯＰ广告。吊挂ＰＯＰ广告是在售卖场合从天花板、梁柱上垂吊下来的广告旗帜，吊旗等。此乃店铺最常用的方式，因为其不仅醒目、不占空间，且更可长时间悬挂，让顾客观看，以达到广告效果。吊挂ＰＯＰ广告是对商场或商店上部空间及顶面有效利用的一种ＰＯＰ广告类型。吊挂ＰＯＰ广告是在各类ＰＯＰ广告中用量最大、使用效率最高的一种ＰＯＰ广告。因为商场作为营业空间，无论是地面还是壁面，都必须对商品的陈列和顾客的流通做有效的考虑和利用，唯独只有上部空间和顶面是不能作商品陈列和行人流通所利用的，所以，吊挂ＰＯＰ不仅在顶面有完全利用的可能性，也在空间的向上发展上占有极大优势。即使地面和壁面上可以放置适当的广告体，但其视觉效果及可视程度与吊挂ＰＯＰ相比，也是有限的。可以设想，壁面ＰＯＰ在观看的角度和视觉场上会很受限制，也就是说壁面ＰＯＰ常被商品及行人所遮挡，或没有足够的空间让顾客退

开来观看。而吊挂ＰＯＰ就不一样了，在商场内凡是顾客能看见的上部空间都可有效利用。另外，从展示的方式来看，吊挂ＰＯＰ除能对顶面直接利用外，还可以向下部空间作适当的延伸利用。所以说吊挂ＰＯＰ是使用最多，效率最高的ＰＯＰ形式。吊挂ＰＯＰ的种类繁多，从众多的吊挂ＰＯＰ广告中可以分出两类最典型的吊挂ＰＯＰ形式，即吊旗式和吊挂物两种基本种类。吊旗式是在商场顶部吊的旗帜式ＰＯＰ广告，它以小旗帜装饰店内外，造成展销浓厚气氛。吊挂物相对于吊旗而言，是完全立体的吊挂ＰＯＰ广告，其特点是以立体的造型来加强产品形象及广告信息的传递。

（3）地面ＰＯＰ广告。地面ＰＯＰ广告放置店内的地板上，多数是大规格实物媒介，具有商品展示与销售功能，如电子显示屏，电动造型ＰＯＰ等。商场外的空间地面、商场门口、通往商场的主要街道等也可以作为地面立式ＰＯＰ广告所陈列的场地。地面ＰＯＰ是完全以广告宣传为目的的纯粹的广告体。由于地面立式ＰＯＰ广告是放于地上，而地面上又有柜台存在和行人流动，为了让地面立式ＰＯＰ有效地达到广告传达的目的，不被其它东西所淹没，所以要求地面立式ＰＯＰ广告的体积和高度有一定的规模，而高度一般要求要超过人的高度，在１．８到２．０米以上。

3、陈列现场ＰＯＰ

陈列现场ＰＯＰ可以分为柜台陈列ＰＯＰ广告和地面陈列ＰＯＰ广告。

（1）柜台陈列ＰＯＰ广告又称柜台展示ＰＯＰ，是放在柜台上的小型ＰＯＰ广告。由于广告体与所展示商品的关系不同，柜台展示ＰＯＰ又可分为展示卡和展示架两种。展示卡可放在柜台上或商品旁，也可以直接放在稍微大一些的商品上。展示卡的主要功能以标明商品的价格、产地、等级等为主，同时也可以简单说明商品的性能、特点、功能等简要的商品内容，其文字的数量不宜太多，以简短的三五个字为好。展示架是放在柜台上起说明商品的价格、产地、等级等作用的。它与展示卡的区别在于：展示架上必须陈列少量的商品，但陈列商品的目的，不在于展示商品本身，而在于以商品来直接说明广告的内容，陈列的商品相当于展示卡上的图形要素。一旦把商品看成图片后，展示架和展示卡就没有什么区别了。值得注意的是，展示架因为是放在柜台上，放商品的目的在于说明，所以展架上放的商品一般都是体积比较小的商品，而且数量以少为好。适合展示架展示的商品有珠宝首饰、药品、手表、钢笔等等。柜台展示ＰＯＰ广告因其功用和展示方式的限制，在设计时必须注意以下要点：必须以简练、

名称	具体形式	功能	使用期限
销售pop	手制的价目卡、拍卖pop、商品显示卡	1、代替店员出售商品 2、帮助顾客选购商品 3、促进顾客的购买欲望	拍卖期间或特价日，多为短期使用
装饰pop	形象pop、消费pop、张贴画、悬挂小旗	制造店内气氛	一般长期使用，具有季节性特征

表1-3 销售POP广告与装饰POP广告的形式与功能

单纯、视觉效果强烈为根本要求；必须注意展示平面的图形与色彩，文字与广告内容的有效结合；为了区别于一般意义上的价目卡片，应以立体造型为主，价格表示为辅；立体造型在能支撑展示面或商品的同时，应充分考虑与广告内容的有效结合。

（2）地面陈列POP广告
地面陈列POP广告又称柜台式POP广告，是置于商场地面上的POP广告体。其对店铺的促销有很大帮助，但缺点是使用面积较大，占据店铺的空间。柜台式POP广告的主要功能是陈放商品。与展示架相比，柜台式POP广告是以陈放商品为目的，而且必须可供陈放大量的商品，在满足了商品陈放的功能后再考虑广告宣传的功能。由于柜台POP广告的造价一般都比较高，所以用于以一个季度以上为周期的商品陈列，特点适合于一些专业销售商店，如钟表店、音响商店、珠宝店等。柜台POP广告的设计，从使用功能出发，还必须考虑与人体工程学有关的问题，比如人身高的尺度，站着取物的尺度以及最佳的视线角度等尺度标准。

1-3-4 按照POP广告的基本功能进行分类

POP广告从功能上又分为两大类：装饰类POP和销售类POP，具体见表1-3。

1、装饰类POP
装饰类POP主要作用是烘托卖场气氛，构建卖场与众不同的个性文化风格与理念。如贴纸式POP，把印刷品粘贴在壁面或玻璃上。

2、销售类POP
销售类POP的功能主要在于通过简洁的信息，有效地刺激顾客的购买冲动，实现成功的交易。

1-3-5 按照POP广告的使用材料进行分类

另外，还可以按POP广告材料的不同来进行分类。POP广告所使用的材料也多种多样，根据产品不同的档次，有高档到低档不同材料的使用。就一般常用的材料而言，主要有金属材料、木料、木材、塑料、纺织面料、人工仿皮、真皮和各种纸材等。其中金

属材料、真皮等多用于高档商品的POP广告。塑料、纺织面料、人工仿皮等材料多用于中档商品的POP广告。像真丝、纯麻等纺织面料也同样属于高档的广告材料。而纸材一般都用于中、低档商品和短期的POP广告材料。当然纸材也有较高档的，而且由于纸材的加工方便，成本低 所以在实际的运用中，是POP广告大范围所使用的材料。

1、它们的材质特点如下：
（1）纸质POP广告
由于可大量生产，材质轻、成本低，为短期商品促销活动时最常使用的材料。
（2）塑胶POP广告
和纸质一样材质轻、成本低，又具防水性和不易破损性。
（3）金属POP广告
材质坚固、不易损坏、适合加工，但不易大量生产。
（4）布艺POP广告
是最早POP广告使用的材料，成本低、尺寸规格不受限制、运用空间弹性大。
（5）木材POP广告
古老的POP材料，价格较高、材质较重、不易大量生产。
总之，售点广告的形式手法多样，灵活多变，在不同的时代和地域适应销售环境的变化而同步发展，永远是一个无终止的研究课题与设计方向。在销售点广告策划与设计中，恰当地选择商品推销传播媒体方式是极其重要的一环。

1-3-6 按照POP广告的形状进行分类

POP广告可以用各种不同的形态、结构与材料的巧妙合理搭配，形成不同的POP广告形状，并能较好地体现商品的性能。

1、模拟形POP广告
采用自然形，如花、叶、树、贝壳等形做价目展示卡（微型标牌式POP），采用各种动物、人物形象做立地式POP，模仿建筑物、交通工具、工具等，做柜台式POP等，由于其造型接近生活，具有亲切感，容易被理解、接受，较适合做日用品类的广告。

2、几何形POP广告
采用几何形体。圆形、四方形、三角形、球形、多边形所制作的立地式、柜台式、悬挂式、标牌式、包装式POP广告，具有简洁、明快之感，适合不同层次消费者。

3、组合式POP广告
采用立体构成的方法可以制作组合式POP广告，适用文化用品、电子产品、饮品等的POP广告宣传，能表达一种时代感和科技感，易迎合青年消费者追赶时尚的心理。由于POP广告陈列的特殊方式和地点，从视觉的角度出发，为适应商场内顾客的流动视线，POP广告多以立体的方式出现或以立体的方式展示，所以在平面广告造型基

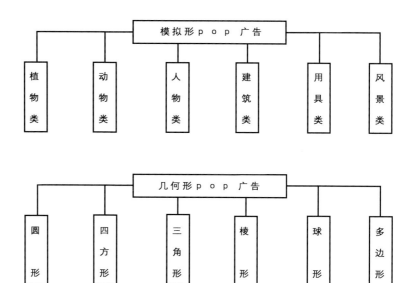

表1-4 模拟形POP广告与几何形POP广告的形状

础上，还得增加立体造型的因素。POP广告之所以以立体造型为主，除商场空间的因素而外，立体造型与平面造型在造型本质上的区别，也是其原因之一。针对POP广告来讲，立体造型比平面造型具有更强烈的视觉效果，而且立体造型对于广告内容的表达层次也更加丰富。POP广告除了有表面的平面要素外，还有立体造型的表达作用。
POP广告的立体造型，从形态选择的角度看，可以分具象形态的造型和抽象形态的造型两大类。具象形态的造型，可以是产品实物形象的利用，或是产品模型的放大或缩小，也可以是与产品有关的附加具象形态的造型或象征、比喻性具象形态的造型。而抽象形态的造型，则以抽象的几何形态、有机形态、偶然形态等间接与产品内容发生联系，或从抽象的材质关系

来产生与产品内容的联系等。采用具象形与抽象形、具象形与构成法、抽象形与构成法相结合，变换时空设计出形态各异的POP广告，容易产生趣味感、幽默感，适合各种层次的消费者，但须注意所陈列的商品与形式之间的内在联系。
在创作不同形状的POP广告时，必须注意POP广告本身的高度长度和宽度的比例美，同时又要考虑与商品结合的效果，与购物环境的协调性。

2

POP 广告策划

2 POP 广告策划

随着产品和服务的同质化、市场竞争的日趋激烈化、竞争手段的多样化，消费者对商品和服务的可选择性增大。而社会信息量的巨大，也使受众对被动性信息的态度冷漠，这些都使POP广告活动不应该是单纯性的孤立活动，而要实行一整套系统性的操作，这就使POP广告策划成为一种必然和趋势。

2—1 POP 广告策划的程序

2—1—1 前期准备工作

1、接触广告主，双方协商策划事宜，达成初步意向

2、双方具体协商策划内容，明确广告意图

3、签订委托协议书

4、广告公司或商场广告部门成立策划小组。策划小组包括市场调查人员、策划创意人员、设计制作人员，广告主作为客户方派人参加，以共同商讨。

5、策划小组收集、熟悉广告主、产品、市场的有关资料

2—1—2 调查分析阶段工作

1、市场调查

2、营销环境分析

3、消费者分析

4、产品分析

5、竞争状况分析

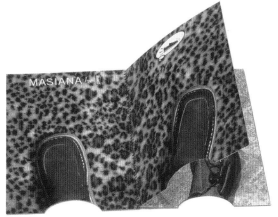

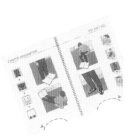

图 2-1：设计精巧的 POP 广告：书籍式的样式，对准脚放入，巧妙的配合，结构舒适

2-1-3 战略规划阶段工作

1、研究确定 POP 广告活动的目标

2、研究确定 POP 广告形式与表现策略

3、制订 POP 广告策划活动费用预算

4、研究确定 POP 广告效果预测与监测方法

5、撰写广告策划书。向客户提交策划书，根据与客户的商讨结果再次修改策划书

2-1-4 执行阶段工作

实施 POP 广告策划书中的各项活动。由于 POP 广告的样式很多，许多形式的 POP 要涉及安装固定、连接电源、效果测试以及安全保证等问题，在实施中要全面妥善地解决。

2-1-5 广告效果评估

在广告策划整体活动完成后，按照策划书预先设定的方法对实际效果进行评估。在全部计划实施完成后，对整个策划运作进行总结。

2-2 室内 POP 广告策划的技巧

2-2-1 室内 POP 广告的传播组合策划

1、室内 POP 广告与大众传播广告的组合

企业的营销活动从市场分析开始，经过产品开发、分销渠道选择、价格确定、传媒广告等系列环节，最终进入零售店的现场销售。零售现场是消费者与消费品直接会面的主战场，是商品、顾客、金钱三项要素的联结点，是厂商行销的最终目的地，是买卖终结点的场所。而 POP 广告正是在这买卖终结点的零售

为支撑，进行最终的最直接的展示和提升，达成最终销售，实现营销活动的圆满终结。

因此，POP广告是大众传播广告的延续和终结。

从广告作用人心理的"AIDMA"模式看，大众传媒的商品广告主要是引发消费者注意、提起兴趣、或激发购买欲望，一般不会直接导致购买行为的发生。很难想象一位消费者在看了某商品的广告后，径直去商店把它买下来。当顾客走进零售店时，大众传媒向他传递的商品具体信息有时模糊，有时甚至全然忘却，但会朦胧地映现出某些商品的品牌形象。此时，有效的POP广告在顾客"品牌模糊认知"的基础上，通过商品信息的再次展现或单纯的品牌提示，诱发顾客的品牌回忆，并使之与真实的商品形象联结，促成最终购买，从而进入整个广告活动的终端。

作为一项完整的广告活动，大众传媒广告和POP广告顺延递进，两环相扣。大众传媒广告向消费者传达购买商品"理由"，使之产生认同的心理导向；而POP广告则以此为支撑点，提供给顾客购买的激励，产生实际的行动导向。

一句话，POP广告所扮演的角色就是将大众传媒广告所累积的效果，浓缩在销售现场，做最直接、最关键也是最终的展示和促销。

2、室内POP广告各种形式的传播组合

全方位的室内POP广告，为销售现场营造出系统完整的立体服务态势和出售的最佳环境氛围，能有效地刺激顾客的潜在购买欲，引发最终购买。下面是某商品POP广告的传播组合案例。

（1）制作1×0.5m导购牌（展板），设计制作要求品牌突现场，以前面环节的营销努力出、诉求重点突出、图文并茂、制作牢固，摆放于商店门口两侧或店内合适位置。

（2）招贴画要选择店外两侧1.4～1.8m光洁墙面、店堂玻璃门、或店内1.4～1.8m光洁墙面上，粘贴牢固，排列张贴，视觉及宣传效果良好。

（3）台牌卡放置柜台，靠近产品摆放处，内装折页或小手册，便于目标购买者详细了解产品。

（4）吊旗并排悬挂于店内2.5m高、正面柜台上方。

（5）室内灯箱亦要选择临近产品上方摆放。（由企划中心发放彩喷稿，依要求制作，必须做到统一性。）

（6）产品模型分户内和户外两种，户内"金字塔式"拼摆，用透明胶固定，户外应注意避免碰损。

2-2-2 室内POP广告的摆放排列策划

1、室内POP广告的摆放策划

室内POP广告的摆放是否具备科学性，直接影响到使用效果，因此，在POP广告设置过程中需要注意以下几方面的问题：

（1）POP广告的设置高度要合适。如果POP广告采取的是悬挂式，则悬挂的高度既要避免因距离商品太远而影响促销效果，又要防止遮挡消费者的视线；如果POP广告采取的是张贴式，则张贴的高度要在距离地面70—60厘米的高度范围内比较合适。

（2）POP广告的设置数量要适中。POP广告并非越多越好，数量过多的POP广告会让人产生厚重感、压抑感，遮挡通道内的消费者视线，影响购物心情，产生适得其反的效果。

（3）POP广告的设置时间要与促销活动时间保持一致。过期的POP广告要及时清理掉，以免给消费者造成消费误导。

（4）POP广告与商品之间的摆放位置要合理。如果要把POP广告放在橱窗或者货架上，要避免遮住商品；如果把POP广告直接贴在商品上时，要注意POP广告的尺寸不能比商品本身还大，一般应该粘贴在商品的右下角。

（5）POP广告在使用过程中需要保持清洁整齐，如果有撕毁现象，应及时更换或擦新。

2、室内POP广告的排列策划

（1）垂直排列：将易见性放在第一位的常规垂直排列技法。

（2）水平排列：适用于多种商品陈列的水平型技法。

（3）组合式排列：上层为垂直型、下层为水平型的追求量贩型。

（4）沟式排列：在纵向上排列出沟结构的排列技法。

（5）三角排列：排列成三角型，突出廉价感的排列技法。

（6）岛式排列：提高主线路的回游性，实现量贩的岛式排列技法。

（7）收银台端头排列：收银台前端头是通过率最高的黄金卖角。

（8）点式排列：通过特卖品的点式配置提高卖场的回游率。

2—2—3 室内POP广告的营销功能策划

1、室内POP广告的营销功能观念

室内POP广告宣传始终是以推销的商品质量特色和服务质量保证为根本的，任何广告手段的本能都在于吸引注意，准确迅速地传递信息，从而为特定事物的功能目标服务。室内POP广告策划在市场经营实践中需要不断地更新观念，适应经营策略方式的发展需求。

（1）打破单纯艺术观，树立销售点广告的现场推销功能意识，力求广告功能的创意与尽可能吸引人的艺术形式相合，艺术为广告功能服务。

（2）打破单一的绘画与平面设计观念，树立准确、迅速、有效传递信息和多形式立体思维

的观念。

（3）打破生搬硬套的旧模式，树立与众不同的创意，观念标新立异，不拘一格，以新颖独特的形式手法引人注目。

（4）依据广告法规进行策划设计，坚持广告的真实性，树立真诚为消费者服务的设计职业道德观。力求内容准确，主次有序，以少胜多，有效地传达信息、美化环境。

总之，要突出现场广告引人注目的推销商品意识的创新，通过广告新颖的立意风格、图形、文字、色彩、独出心裁的形式手法引人注目，诱发兴趣，简洁明了、迅速准确地传递商品与服务信息，制造及时购买与达成交易的氛围，同时，给顾客留下后继关注购买的潜意识，充分发挥广告的功能作用。

2、室内POP广告的营销功能应用

室内POP广告的应用范围广阔，形式手法丰富多样，以下就一般的应用技巧作简要提示：

（1）以推销商品或劳务即时达成交易为目的，从宏观策划着手，根据不同的推销环境（商场、店铺、流动摊点等）和商品及服务内容特点，结合具体经营方式，选择能即时有效吸引消费者注意，进而产生兴趣，引起购买欲望的售点广告媒介方式，或留下购买的潜意识。

（2）塑造与渲染销售气氛，激发顾客购买与消费。如利用插

画、道具、灯光、优惠销售服务彩条广告、配乐等，渲染温馨柔情或时新商品走俏激情的气氛，引发消费冲动。形象与醒目动人的图片（彩照、图案、招贴）和广告主题文字字体，吸引消费者注意并产生好感。这种方式在各类商品与服务专柜、专卖点广告中应用广泛。

（3）突出名牌商品的品牌感。这种方式在各类商品与服务专柜、专卖点广告中应用广泛。

（4）利用商品实物（生活实用品、娱乐品、儿童玩具等）进行应用性演示宣传，以模特提供服饰的最佳搭配现场表演，拉近商品与消费者距离，真实生动、活跃气氛，具有较强地感染力，激发购买冲动。

（5）运用引导性的广告主题内容，通过彩条、横幅、广播、电视录像、动态的电子广告、标牌、灯箱等广告方式，吸引人们关注和产生兴趣，使之停留下来了解商品和服务内容，创造销售机会。

总之，销售现场广告，是一类和商业营销紧密结合、应用性很强的营销策划与艺术设计，成功的策划与设计会收到立竿见影的效果。

2-3 室外POP广告策划的技巧

2-3-1 霓虹灯POP广告的策划技巧

霓虹灯由玻璃管制成，并按照设计要求弯成各种文字和图案，然后在玻璃管两端配制铜电极，在管内灌注氖、氩等各种惰性气体，接通高压电源后发出各色光，可以为夜幕增加色彩和动感。

大型的霓虹灯（或用电灯泡缀成的）广告称为spectacular。

1、霓虹灯POP的色彩策划

霓虹灯制作中除了在图形、编排设计方面要注意艺术处理之外，在色彩上的运用是构成霓虹灯设计成功与否的十分重要的因素。在视觉传播中色彩具有第一性的作用，人们对色彩的感觉是美感中最普遍的形式。各种不同的色彩以及不同的色彩组合能直接影响被感受者的感觉，并直接有效地吸引注意力，启发记忆，产生想象，进行联想，左右情绪，形成感情的倾向，产生一定的心理作用，形成相应的视觉冲击力与形象感染力。在霓虹灯广告制作中，对具体色彩的理解与运用，不同于普遍的绘画作品，而有其独特的艺术性与功利性。

（1）霓虹灯色彩注目性的策划。要使霓虹灯色彩达到引人注目的效果，可运用色彩的对比手法，从而产生与众不同的色彩感觉与色彩组合，并有助于霓虹灯作品形象区别于周围事物与环境，形成色彩视觉冲击力，引发注意。不同的色彩对比组合，可以营造鲜艳夺目、明亮活泼的感觉，也可以是庄重高雅、雍容华贵的，在作品与消费者接触的一刹那中，打动消费者，增强注意的力度，在形成广告的第一印象时，色先夺人，并留下深刻的印象。

（2）霓虹灯色彩象征性的策划。霓虹灯广告设计制作中运用不同色彩的象征意义，通过有机的组合，创造具有个性化的广告形象，在强化广告作品的视觉辨别力度的同时，运用色彩的象征性产生联想，辅助广告文字不断对广告的具体内容、品牌、企业的形象进行提示，加深消费者对广告内容的理解。麦当劳快餐的霓虹灯广告，由无数橘黄色小灯泡组成M形字母在夜空中闪闪发光，在它的标志即M形字母下面

图2-2：麦当劳霓虹灯广告

图2-3：霓虹灯广告

图2-4：霓虹灯广告

是麦当劳的标准色之一红色，整个霓虹灯色彩的艺术处理充分展示了它的标志与标准色的特色。在橘黄与红色的环抱中McDonald's的浅蓝色点缀其间，色彩主次分明，整体感强。英文字母形的霓虹灯日本健伍音响的色彩由白、红、黄三色组成，这三种色彩也是健伍产品标志的标准色和辅助色。又如松下电器的霓虹灯广告由红、蓝两色构成，没有多余的色彩掺杂其间。以上的这些品牌的霓虹灯的主色调，都与该公司、企业、产品标志的标准色和辅助色相吻合。如果只是一味追求五彩缤纷，在这些标准色周围再配上其他的绿、紫、青等色彩，从色彩的种类上看似乎是多了几种颜色，但它却相反地冲淡了企业、产品标志的标准色彩，喧宾夺主。如果一定要搭配其他色彩，那也只能选用与其色调相近的色彩。如中黄配上淡黄，大红选配橘红、深蓝色配以淡蓝等，如以对比色相陪衬，只能以少量为限，起到点缀与活跃作用。

（3）霓虹灯色彩逼真性的策划。霓虹灯广告可以其色彩的逼真性再现商品及其他相关宣传内容的具体形象，以色彩丰富、形象逼真来吸引、打动消费者。色彩的成功表现，能强化广告作品中具体物件的形象感，在鲜艳度、真实度方面产生令人信服、令人心动的感召力。

（4）霓虹灯色彩陶冶性的策划。精美的霓虹灯广告色彩，不

仅使受众了解了广告内容、传达了企业的信息、有效地达到广告促销的目的，而且还能在精神上给人美的享受。人在满足物质需求的同时，也形成了人们对色彩的审美需求，美丽的色彩令人追求与向往，它会给人以美的联想、寄托美好的遐想与希望。

2、霓虹灯POP的动态策划
在霓虹灯世界里能脱颖而出的霓虹灯，往往是那些富有变幻、跳跃、动态的霓虹灯。霓虹灯管可以弯成各种所需的形状，可使形式变化丰富多彩。动态转换的霓虹灯，由于它的活动性比较大，因此在采用企业、产品等标志的准标色做色彩元素时，当色彩进行演变与变换时，仍不可离开标准色与辅助色之间的主、次关系，即在变换当中，各种色彩不管是按顺序渐变或是跳跃式变换，企业的标准色在霓虹灯上所出现的时间和所占据的面积，都要比辅助色长和大。霓虹灯色彩的变色与变幻色调由电脑程序来调节和控制，即使在多项广告内容、多种形式、多种色彩集于一身时，仍要注意主宾分明、中心突出，公司、企业的标准色都要占主导地位。

2-3-2 气模POP广告的策划技巧

气模又叫充气模型，是20世纪90年代中期在国内才出现的一种全新的广告媒体。作为一种新的广告媒体，气模产品已被广泛应用于商业广告、产品宣传、开业庆典、展览促销、竣工典礼等各种大型经济活动和庆典活动中，以其巨大、醒目、亮丽的形象，为各种活动营造轰动热烈的气氛，获得强烈迅速的广告效应。由于它鲜艳、高大、生动、可爱的形象能给我们留下难以磨灭的印象，因此它的出现给商品促销带来了意想不到的收获，为企业创造良好的效益，从而引起了更多企业的重视。通过展现形象逼真、高大生动的造型，给人们带来强烈的视觉冲击和轻松愉快的气氛，加深人们对产品形象及品牌的认识，起到较好的宣传效果。气球和充气立体模型是世界上广为流行的广告形式之一，其使用的频繁程度与使用的绝对数量都是其他广告媒体所无法比拟的。

1、气模广告的类型
气模根据不同的造型及特点可分为以下几类：

（1）产品仿真模型：按实物放大若干倍，投放效果较为逼真，再现了产品的真实完美感觉。

（2）吉祥物与卡通形象模型：在制作中根据客户需要，可

将产品模型与吉祥物、卡通形象结合制作，此类模型由于具有形象生动、亲切可爱和极富于动感等特点，已被许多商家所采纳。它能给人一种充满活力的感觉，非常引人注目，能让公众在潜移默化中接受某种产品。

（3）行动式气偶：这是一种行动式广告人物卡通形象，它可以让人在内部进行操作。如果在促销活动中派发、赠送宣传品时采纳此种传媒，可以大大缩短商家与消费者的距离。它所营造的欢乐气氛会长久地留在人们的记忆之中。

（4）充气玩具：此种玩具以前是各类游乐场所理想的经营设备，近几年来成为各商家在开业庆典、周年志庆及商品促销过程中所选用的另类广告用品，它造型丰富，游戏内容多样，可以让人们在参与活动的同时体现其广告效果，并可在玩具上任意喷涂、粘贴广告内容，并由于其安装便捷、流动性好、存放体积小及价格合理等因素，而受到商家的青睐。

气模采用新型的高分子复合材料，配置离心式低噪音风机，充气成型，并采用丝网印刷表现模型结构的仿真效果，克服了以往木偶及雕塑的呆板、笨重、不易施工和挪动的不足之处，它可以按人们的想象随意制成所需要的各种造型，从而达到别具一格的视觉效果。它的使用寿命可达2年左右，如果采用透光布制作，

内部加置照明灯具，可使此产品具有丰富的日夜效果，达到事半功倍的宣传功效。

2、气模广告的特点

充气模型是一种常见的广告媒体，最常见的多为球体，就是我们通常所说的气球。充气模型特点是可塑性强，可以设计加工成各种卡通或实物造型。

大型气模造型栩栩如生，有很强的观赏性；充气模型的另一个特点就是色彩艳丽，制作充气模型时，可以随意地将相同质地，多种颜色的材料搭配拼接在一起，以达到引人注目的目的；其可塑性还表现在充气模型可以大小随意，大的充气广告模型可高达几十米；另外充气模型的制作材料多为较轻便的PE、PVC复合膜、尼龙布、牛津布、增强牛津布、透光牛津布等材质，在释放了内部气体之后，还具备可折叠性、重复使用及搬运便利的特点。填充了特殊气体的充气模型的还可悬浮在高空，便于得到更大范围内人群的注目，从而达到更广泛的广告宣传效果。

充气模型广告能够很好地烘托现场的气氛，尤其在促销活动中，能有效地吸引人们的注意力，达到招徕顾客的目的。

3、气模广告的安全问题

大型广告气球一旦失控升空，就会杀伤力极强。尤其是夏季，爆热的天气极易使高空飘浮气球失控、燃烧或爆炸，雷电灾害、

高温大风天气也会给气球施放带来安全隐患。据专家介绍，失控后的气球最高能飞到12000米，飘忽不定，民航管制员无法利用雷达探测到气球的具体位置，因而很难指挥飞机避让，尤其是空域繁忙或夜间飞行时，这些气球若碰上飞机，很有可能被卷入发动机，造成发动机熄火，后果不堪设想。

为了加强大型升空广告气球的管理，2003年5月1日，国务院、中央军委发布的《通用航空飞行管制条例》开始实施，规定：单位和个人若想升放无人驾驶自由气球，应在拟升放两天前持市级以上气象主管机构会同有关部门的批准文件，向当地飞行管制部门提出申请。经过批准后方可升放，取消升放时应及时报告飞行管制部门。升放系留气球应确保系留牢固，不得擅自释放。升放高度不得高于地面150米，超过地面50米的须加装快速放气装置，并设置识别标志。机场范围内和机场净空保护区内严禁升放无人驾驶自由气球和系留气球。在升放过程中发生无人驾驶自由气球非正常运行、系留气球脱离系留以及其他可能影响飞行安全的情况时，应及时报告飞行管制部门和当地气象主管机构。该《条例》规定，违反规定升放无人驾驶自由气球或系留气球的，由气象主管机构或有关部门按照职责分工责令改正，

给予警告；情节严重的处 1 万元以上 5 万元以下罚款；造成重大事故或严重后果的，依法追究其刑事责任。施放升空气球或气模除需要空管和气象部门的审批之外，还要协调消防、环保、城管、化协等多个部门。

2-3-3 室外装饰POP广告的策划技巧

室外装饰POP是指店铺门前和周围的一切装饰。如广告牌、霓虹灯、灯箱、电子闪示广告、招贴画、传单广告、活人广告、店铺招牌、门面装饰、橱窗布置和室外照明等等，均属室外装饰。店铺要想取得好的经济效益，首先霓虹灯应该聚而不散，在设计制作时，既要给人以变幻的吸引力，又要主次分明，没有色彩和图案紊乱的感觉。变换、闪烁、跳跃式的霓虹灯因促进销售、营造多姿多彩的生活，而越来越受到人们的重视与欢迎。使消费者走进店里，除广告宣传、传统声望等因素外，消费者对一个不相识商店的认识是从外观开始的。人对事物的一般心理反应是，一个室外装修高雅华贵的店铺，销售的商品也一定高档优质；而装饰平平或陈旧过时的外观，其销售的商品也一定是交错低下，质量难保。室外装饰POP策划主要包括外观策划、出入口策划、招牌策划、橱窗策划、外部照明策划。

1、外观策划

外观是店铺给人的整体感觉，有时会体现店铺的档次，也能体现店铺的个性。从整体风格来看，可分为现代风格和传统风格。现代风格的外观给人以时代的气息，现代化的心理感受。大多数的店都采用现代派风格，这对大多数时代感较强的消费者具有激励作用。如果店铺是在商业区，则附近的大商场一般也是现代风格，就能与之达到和谐的效果。在当今发展的社会，现代风格的店铺让人有新鲜的感受，使之与现代高速运转的社会和谐统一，也体现了服饰的潮流性。具有民族传统风格的外观给人以古朴殷实，传统丰厚的心理感受。许多百年老店，已成为影响中外的传统字号，其外观装饰等都已在消费者心中形成固定模式，所以，用其传统的外观风格更能吸引顾客。如果服饰店经营的是有民族特色的服饰或仿古服饰，如旗袍一类，则可采用传统风格。或者服饰店开在一个充满古朴色彩的商业街，也可采用与整体风格相一致的传统风格。

2、招牌策划

当取好店名后，就要考虑招牌。招牌的策划和安装，必须做到新颖、醒目、简明，既美观大方，又能引起顾客注意。因为店名招牌本身就是具有特定意义的广告，有效的招牌设置能使顾客或过往行人在较远或多个角度都能较清晰地看见，夜晚则应配以

图2-5：霓虹灯招牌

霓虹灯招牌（见图2-5）。
招牌的形式、规格与安装方式，应力求多样化和与众不同。既要做到引人瞩目，又要与店面策划融为一体，给人以完美的外观形象。招牌的材质有多种：木质、石材、金属材料，还可以是直接镶在装饰外墙上。招牌的安装可以是直立式、壁式、也可以是悬吊式的。
对于许多中小型的专业商店，在招牌的制作与使用上，可直接反映商店的经营内容，制作成与经营内容相一致的形象或图形，能增强招牌的直接感召力。由于服饰店的经营范围不同，可以采用不同类型的招牌：女装店可选择时尚感强的招牌，

且招牌的颜色要醒目；男装店多以西服为主，则较正式，招牌要适应这种风格，就要显得庄重；童装店则要活泼、有趣，能吸引小朋友。

3、出入口策划

在策划店铺出入口时，必须考虑店铺营业面积、客流量、地理位置、商品特点及安全管理等因素。如果策划不合理，就会造成人流拥挤或商品没有被顾客看完便到了出口，从而影响销售。在店铺设置的顾客通道中，出入口是驱动消费流的动力泵，好的出入口策划能合理地使消费者从入口到出口，有序地浏览全场，不留死角。如果店面是规则店面，出入口一般在同侧为好。不规则的店面则要考虑到内部的许多条件，策划难度相对较大。店门的策划应当是开放性的，策划时应当考虑到不要让顾客产生幽闭、阴暗等不佳心理，从而拒客于门外。

4、橱窗策划

商店橱窗不仅是门面总体装饰的组成部分，而且是商店的第一展厅，它是以本店所经营销售的商品为主，巧用布景、道具，以背景画面装饰为衬托，配以合适的灯光、色彩和文字说明。人们对客观事物的了解，有70%靠视觉，20%靠听觉，橱窗广告能最大限度地调动消费者的视觉神经，达到诱导、引导购买的目的。橱窗展示类型有：

（1）综合式橱窗布置。它是将许多不相关的商品综合陈列在一个橱窗内，以组成一个完整的橱窗广告。这种橱窗布置由于商品之间差异较大，策划一定要谨慎，否则就给人一种什锦粥的感觉。其中可以分为横向橱窗布置、纵向橱窗布置及单元橱窗布置。

（2）系统式橱窗布置。大中型店铺橱窗面积较大，可以按商品类别、性能、材料、用途等因素，分别组合陈列在一个橱窗内。

（3）专题式橱窗布置。它是以一个广告专题为中心，围绕特定的事情，组织不同类型商品进行陈列，向媒体大众传输一个诉求主题。可分为节日陈列：以庆祝节日为主题组成节日橱窗专题；事件陈列：以社会上某项活动为主题，将关联商品组合起来的橱窗；场景陈列：根据商品用途，把有关联性的多种商品在橱窗中设置成特定场景，诱发顾客的购买行为。

（4）特定式橱窗布置。指用不同的艺术形式和处理方法，在一个橱窗内集中介绍某一产品，例如，单一商品特定陈列和商品模型特定陈列等。根据季节变化把应季商品集中进行陈列，如冬末春初的羊毛衫、风衣展示，春末夏初的夏装、凉鞋、草帽展示等，这种手法满足了顾客应季购买的心理特点，可用于扩大销售。但季节性陈列必须在季节到来之前一个月预先陈列出来，向

顾客介绍，才能起到应季宣传的作用。

橱窗是浓缩的展示艺术，作为商家的一种广告形式，可有效的宣传品牌、树立形象，促进销售带来经济效益。橱窗策划的六大元素是：

（1）展品（包括服装、饰物、化妆品、日用品、家用电器等）的质量优异、加工精美、策划观念超前。一言以蔽之，橱窗所展示的内容纯属一流。

（2）橱窗内使用的模特、道具、装饰品的做工考究，一丝不苟。有些模特制作得活灵活现，甚至可以看见他们面部的汗毛孔；而有些又大胆抽象，使观众很容易将自身形象投射进去，从而产生购买的欲望（见图2-6）。

图2-6：橱窗广告：模特、灯光与服饰相得益彰，让人产生购买的欲望

（3）强调灯光的使用，灯光的强弱、角度和颜色搭配都经精心的调整，绝对一丝不苟。

（4）策划构思精巧奇妙，但又紧扣展品的主题。这样既避免了噱头充斥的哗众取宠，也防止了策划形式上的重复与雷同。如橱窗里几个身穿裘皮时装的贵妇人样子的模型模特，手里分别拿着不同的工具，大扫把、大耙子、大簸箕。正在清扫和收集落在（橱内）地板上的红色枫叶。

（5）充裕的策划空间。在第五大道及麦迪逊大道的两侧，鳞次栉比地排列着许多名店，几乎每家名店都拥有几个、甚至几十个几十平米见方的巨型玻璃橱窗，令人目不暇接。当然，也有一些商店，在其两侧设有半平方米的一个个迷你橱窗。这些小橱窗经常被策划成一幅带框的油画样式，别有洞天。

（6）频繁更换橱窗策划。根据不同时令、节日、庆典和产品周期等诸多因素，大部分商店都是每星期更换一次各自的橱窗策划。

5、外部照明策划

这里的外部照明主要指人工光源的使用与色彩的搭配，它不仅可以照亮店门和店前环境，而且能渲染商店气氛，烘托环境，增加店铺门面的形式美。

色彩是人的视觉的基本特征之一，不同波长的可见光引起人们视觉对不同颜色的感觉，形成了不同的心理感受。如玫瑰色光源给人以华贵、幽婉、高雅的感觉；淡绿色光源给人以柔和、明快的感觉；深红色刺激性较强，会使人的心理活动趋向活跃、兴奋、激昂或使人焦躁不安；蓝靛色刺激较弱，会使人的心理活动趋向平静，控制情绪发展，但也容易产生沉闷或压抑的感觉。色彩依红橙黄绿蓝靛紫的顺序排列，强弱度依次由强转弱。

图2-8：暖黄色外部照明的pop广告

图2-7：夏季的橱窗广告

3

POP 广告视觉要素设计原理

3 POP广告视觉要素设计原理

pop广告设计是综合性的设计，与设计的各个领域诸如平面设计、工业设计甚至环境设计等均有关联。由于pop广告形式的多样性，相应地，pop广告设计的组成要素也非常丰富：图形、文字甚至商品实物（模型）、橱窗、展示架等都是pop广告设计不可

图 3-1 卡通风格的 pop 广告

图 3-2 可以旋转的 pop 广告

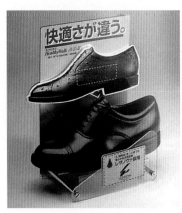

图 3-3 与实物结合的 pop 广告

图 3-4 可以调节高度的 pop 广告

图 3-5 侧面结构

缺少的组成要素。本章从pop广告最基本的设计要素：图形、文字、版面编排出发，通过对这些设计要素以及后续章节对色彩、构成要素等的解析来探讨pop广告设计。

3-1 图形设计

图形是信息传播最为直观的方式，pop广告中出现的视觉要素包括商品图案、品牌标志、条形码、甚至折叠线都可被视为图形（见图3-6，图3-7）。根据这些图形特征以及结构特点，我们把它们分为三种类型，即：具象图形、意象图形、抽象图形。

3-1-1具象图形

具象图形具有可辨识的特点，可以与现实生活中的对象一对应。最大的特点在于真实地反映自然形态。在以人物、动物、植物、矿物或自然环境为元素的造型中，以写实性与装饰性相结合，令人产生具体清晰、亲切生动和信任感。

具象图形又可分为三种形式：写实型、简化型、变形型。

写实型：真实客观地反映自然形态。今天大量的写实性摄影作品，被广泛地应用于设计领域。这些写实图像，经过设计取舍以后，结合广告主题，可直接传递视觉信息（见图3-8）。

图3-8：身穿婴儿装的婴儿写实照片作为产品-"Little me"婴

图3-6 像扳手的书籍广告（正面）

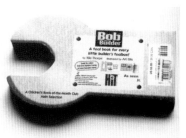

图3-7 像扳手的书籍广告（背面）

儿装广告画面的主体。

简化型：在某些情况下，我们只想把最重要的商品信息传达给消费者，复杂写实性图像往往会吸引目标消费者的注意力，喧宾夺主，影响信息传达的快速与准确，或者会将消费者引入歧途，这时候我们往往会把图形加以简化（见图3-9，图3-10，图3-11）。

图3-9：给父亲的卡片以儿童画和手写字体构成，做为画面背景，突出画面前景的产品形象。

图3-10：画面中的人，啤酒，以及暗示燃烧的烟云都采用了平涂的手法，结合广告语：The

Liberation! The Fuel! 广告诙谐幽默。

图3-11：服装售卖点的促销宣传册，采用了手绘的手法。

简化的方法主要有三种：

线条化：用单纯的线条直接描绘物象轮廓的一种手法。常用作表现卡通形象。

平面化：用平涂的方法描绘物象，但保留其主要特征和动态。

主体化：也叫突出主体，主体是说明事物的重点和主要性特征，为了达到突出主体形象的目的，我们可以对非主体的次要部分加以省略。

图3-8 身穿婴儿装的婴儿写实照片

图3-9 父亲节时的酒类广告

图3-10 啤酒广告

图3-11 冬装促销广告

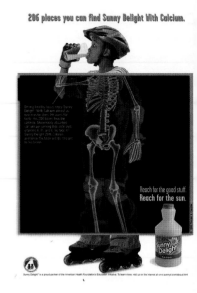

图3-12 饮料广告

变形型：所谓变形，就是改变物体的自然形态，使其产生夸张的效果，从而在视觉上产生冲击。变形的方法有：

A 坐标变形：利用坐标方格的变化造成的形变。

B 反射变形：利用各种反射物造成的形变。

C 透体变形：利用各种透明物体造成的形变。

D 曲折变形：利用摺叠方式造成的形变（见图3-12）。

图3-12：广告语：206处（骨头）都能找到含钙的Sunny Delight（意译）。通过透视儿童身体骨架，说明该含钙产品Sunny Delight 可以使人体中每块骨头更强壮、更健康。

3-1-2 抽象图形

抽象图形是指那些无法明确指认的形象或形态，如抽象派绘画、构成主义的雕塑等，虽然能引起我们某种感受，在生活经验中却找不到与之对应相似的存在物。那些不能对应比照的形态，就是抽象图形。几何图形、未被认知的怪异形、意外的偶然得到的图形均可看作抽象形（见图3-13，图3-14）。

图3-13 利用抽象图形、等比例分割的海报

图3-14 以几何形为构成元素的PDA广告

3-1-3 混合图形

所谓混合图形是指将不同的图形混合而产生新的图形。在pop广告设计中，主要是利用超现实主义的表现手法及拼贴的方法生成新图形（见图3-15）。比如广告主需要推广他的新产品，使诉求对象对其产生直观的印象，那

么，可以将产品拍成照片，将照片"粘贴"在画面上，并结合文字以及品牌标识进行设计（见图3-16）。

3-2 文字设计

文字是pop广告设计中最重要的视觉要素之一。文字设计的好坏，直接影响pop广告的视觉传达效果。在计算机普及的现代设计领域，文字设计的很大一部分工作由计算机完成了（很多平面设计软件中都有制作艺术汉字的引导，以及提供了数十上百种的现成字体），但设计最重要的部分：创意、审美还是必须由人来完成的。

pop广告版面设计中的文字要素有很多，如大标题、副标题、广告语、说明文、商品名、公司名、电话、传真、邮编、网址等（见图3-17，图3-18）。在文字设计中，必须遵守以下原则：

图3-15 采用超现实主义手法的酒类广告

3-2-1 易读性

文字的主要功能是在pop广告中向大众传达产品的各种信息，要达到这一目的必须考虑文字的整体诉求效果，给人以清晰的视觉印象。因此，设计中的文字应避免繁杂零乱，使人易认，易懂，切忌为了设计而设计——忘记了文字设计的根本目的是为了更好、更有效的传达作者的意图、表达设计的主题和构想意念。

图3-16 实物也是广告构成要素之一

图3-19：从草稿开始，经过不断调整、深化，最后定稿的企业标准字，具有很强的可读性。

图3-17

图3-18

图3-19

图3-20 字体的大小、方向、色彩等与图片的编排非常和谐，并有力的传达出了产品的信息

3-2-2 统一性

文字的设计要服从于作品的整体风格特征。文字的设计不能和整个作品的风格特征相脱离，更不能相冲突，否则，就会破坏文字的诉求效果。 一般说来，文字的个性大约可以分为以下几种：（1）端庄秀丽，优美清新；（2）格调高雅；（3）华丽高贵；（4）坚固挺拔。字体造型富于力度；（5）简洁爽朗；（6）现代感强；（7）有很强的视觉冲击力；（8）深沉厚重。字体造型规整；（9）具有重量感；（10）庄严雄伟；（11）欢快轻盈。字体生动活泼；（12）跳跃明快；（13）节奏感和韵律感都很强；（14）给人一种生机盎然的感受；（15）苍劲古朴。这类字体朴素无华；（16）饱含古韵；（17）能给人一种对逝去时光的回味体验；（18）新颖独特。字体的造型奇妙；（19）个性非常突出；（20）给人的印象独特；（21）新颖。除此以外，为了达到广告整体的统一，还需要从字体大小、方向、明暗度等方面选择协调相同的

图3-21 文字在木材上纵向排列，简洁有力

因素，将对比与协调的因素在服从于表达主题的需要下有分寸的运用，产生既对比又协调、具有视觉审美价值的视觉传达效果。

3-2-3 指向性

文字设计的成功与否，不仅在于字体本身，同时也在于其运用的排列组合是否得当。文字组合的目的，是为了增强其视觉传达功能，赋予审美情感，诱导人们有兴趣的进行阅读。因此，在组合方式上就需要顺应人们心理感受的顺序。如果一件作品中的文

图3-22 广告文字沿人体轮廓排列，并最终指向产品——干性皮肤护理液

字排列不当，拥挤杂乱，缺乏视线流动的顺序，不仅仅会影响字体本身的美感，也不利于观众进行有效的阅读，则难以产生良好的视觉传达效果。

3-3 版式编排设计

所谓版式编排设计，就是在版面上将有限的视觉元素及文字、图形等进行合理的组织，传达特定信息。

在pop广告版面设计中，应该遵循以下几个原则。

3-3-1 诉求重点的醒目性

在pop广告设计中，为提升企业形象及商品的认知性，建议采用企业标准字，而文字的编排则是提升消费者注意力的重要手段。将诉求重点突现画面，形成冲击力，让消费者能够在最短的时间内认知企业及其产品，从而达成最佳的视觉传达效果（见图3-23）。

3-3-2 视觉动线的有序性

在进行版面编排时尤其要注意观看者的视觉动线。所谓视觉动线，就是观看者对版面上编排的各诉求内容的自然浏览顺序。因此，我们的版面编排，必定要考虑我们的阅读习惯，尽量与其一致。

下面，列出人们一般阅读顺序：
1、水平方向上，人们的视线一般是从左向右流动；垂直方向时，视线一般是从上向下流动；大于45度斜度时，视线是从上

图3-23 哈根达斯广告：诱人的产品照片结合煽情的广告语，有效地传达了产品的信息

而下的；小于45度时，视线是从下向上流动的。

2、字体的外形特征
不同的字体具有不同的视觉动向，例如：扁体字有左右流动的动感，长体字有上下流动的感觉，斜字有向前或向斜流动的动感。因此在组合时，要充分考虑不同的字体视觉动向上的差异而进行不同的组合处理。比如：扁体字适合横向编排组合，长体

字适合作竖向的组合，斜体字适合作横向或倾向的排列。合理运用文字的视觉动向，有利于突出设计的主题，引导观众的视线按主次轻重流动。

3、要有一个设计基调
对作品而言，每一件作品都有其特有的风格。在这个前提下，一个作品版面上的各种不同字体的组合，一定要具有一种符合整个作品风格的风格倾向，形成总

图 3-24

图 3-25

体的情调和感情倾向，不能各种文字自成一种风格，各行其是。

4、注意负空间的运用

在版面设计中，负空间是指除字体、图形本身所占用的画面空间之外的空白，即字间距及其周围空白区域。文字组合的好坏，很大程度上取决于负空间的运用是否得当。比如：字的行距应大于字距，否则观众的视线难以按一定的方向和顺序进行阅读；不同类别文字的空间要作适当的集中，并利用空白加以区分；为了突出不同部分字体的形态特征，应留适当的空白，分类集中。

值得注意的是，并不是只有文字才会引导视觉动线，很大程度上，广告图片本身具有一定的视觉引导性，同时画面的对比度，冲击力的强弱都会影响视觉动线，作为一名平面设计师，这些都是必须要掌握的。

图3-24，3-25，3-26：负空间的运用，使画面充满艺术气息，并突出了广告产品的特征。

图 3-26

3—3—3 图文配置的协调性

文字在广告中的重要性不言而喻，但它与图形是一个有机的整体，缺一不可。从广义上说，文字是图形的一部分。所谓图文配置的协调性，主要是指文字的大小、位置、形状、空间的安排与图形在版面安排上应协调平衡，在达到视觉传达的目的同时，使艺术性与商业性并存。比如：在有图片的版面中，文字的组合应相对较为集中，（见图3—26）；如果是以图片为主要的诉求要素，则文字应该紧凑地排列在适当的位置上，不可过分变化分散，以免因主题不明而造成视线流动的混乱。图3—27：曲线编排的文字巧妙地与图形结合在一起，暗示运动轨迹。

图3-26 广告文字与图片的编排相得益彰

图3-27 广告文字与图片的编排相得益彰

4

POP 广告的平面设计原理

4 POP 广告的平面设计原理

本章主要从三个方面探讨ｐｏｐ广告设计的平面设计原理：

一、　构成要素，包括点、线、面

二、形式美法则

三、ｐｏｐ广告环境与布局

4—1 构成要素在POP广告中的应用

设计中的构成要素按照形成方法可分为：几何形、有机形和偶

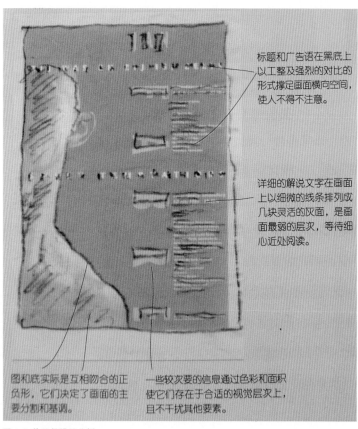

标题和广告语在黑底上以工整及强烈的对比的形式撑足画面横向空间，使人不得不注意。

详细的解说文字在画面上以细微的线条排列成几块灵活的灰面，是画面最弱的层次，等待细心近处阅读。

图和底实际是互相吻合的正负形，它们决定了画面的主要分割和基调。

一些较次要的信息通过色彩和面积使它们存在于合适的视觉层次上，且不干扰其他要素。

图 4-1 作品的设计分析

图4-2 作品完稿

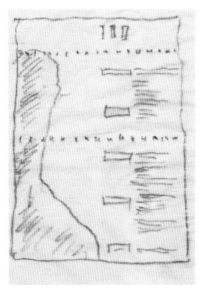

图4-3 作品草图

图4-4 作品的构成解析

发形。几何形是可以用数学方法定义的形；有机形是可以重复和再现的自由形；而偶发形不管用何种方法，每次产生的结果都不一样，如泼溅，吹颜料等方式产生的形态。就平面的视觉形态而言，又可分为点、线、面等单个元素（点、线、面是构成元素中最基本的抽象单位），这两种分法是交叉的，点、线、面既可以是几何形也可以是有机形；而且偶发形中同样存在点、线、面。本节内容将会以后一种分法来展开。事实上，从设计构成的角度来说，任何设计都可以归结为点、线、面等基本要素，pop广告设计也不例外。在这里，点、线、面是一个泛指的相对概念，并不仅指具体的某个点、线、面。

4—1—1 点的造型

点的形态

点通常指小的东西，但具体小到什么程度才能给人以点的视觉感受，必须在一定的环境对比下才可以确认。

严格地说，点只有位置，没有大小和形状，但是设计中的情况往往比较复杂。

点在pop广告设计中的应用

A 点的视觉特征

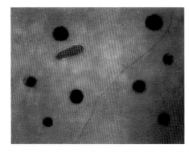

图4-5 高处的点会产生不稳定感，从而抓住观看者的注意力

1、不同的点会给人不同的视觉感受；

2、点的视觉强度并不和面积大小成正比，太大、太小都会弱化点的感受；

3、点通常在比较的环境中得以确认自己的位置和特征；

4、单个点会吸引并停留视线，产生强调作用；多个的点会使视点往返跳跃，分散其力量；

5、点的位置很重要，画面中心的点比较稳定，边缘的点有逃逸的倾向。

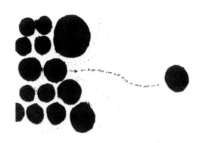

图4-6 点在空间中位置偏移问题：点的中心位置产生偏移，产生视觉的引导

图4-7：亮空间中的黑点。

图4-8：黑空间中亮点，由于空间中没有其他的形态，这两个点便抓住了我们的视线。

图4-9：点的位置关系影响认知心理。

图4-10：多个点的位置关系与视觉导向性。

产生有效的对比。

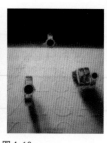

图4-7　　　　图4-8　　　　图4-9　　　　图4-10

6、很多的点间距很近，连续排列就给人线的感受，这就是点的线化和面化（见图4-11，图4-12，图4-13）。

图4-11　　　　图4-12　　　　　图4-13

B　点是设计中最活跃的元素

1、点是设计的最小单位，也是设计的最基本元素；

2、散点在版面中往往可以活跃气氛（见图4-14）；

3、点常作为项目的标题，有提示或强调作用。或表示开始、结束。用间隔的点构成符号等特殊形式，在设计中能增加新意；

4、特殊形式的点，利用了材料、肌理、立体等手法，在设计中独树一帜，见图4-15：产品作为特殊形式的点；

图4-14　　　　　　　　　　图4-15

5、点也是图形语言的一部分以及重要的表现手段，有很多图形是由单纯的点构成的。

图4-16：笔记本电脑广告：光盘作为特殊形式的点；并用连成直线的圆点来表示产品的各种配置，且与作为图的底的几何横

图4-16

42

4-1-2 线的造型

线的视觉特征以及在设计中的应用

几何学上的线是没有宽度的，但是现实和设计的视觉形态中的线，不仅有宽度，而且有丰富的变化，是非常敏感、丰富多变的视觉要素。

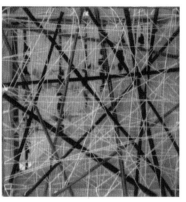

图4-17 不同粗细的线给人不同的视觉感受

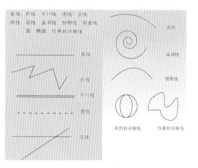

图4-18 线的分类：直线、曲线

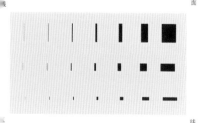

图4-19 点、线、面之间的过渡关系

从造型意义上来说，线是最富个性和活力的要素。直线的特征：富于张力，在简洁的形式中显示出运动的无限可能性；垂直线有强烈的上升与下落趋势；水平线有横向扩张感，平稳、安定、广阔、无限；斜线有运动与速度感；曲线优美、轻快、柔和、富于旋律感。

1、不同的工具和变化多端的使用方法使线具有丰富的形态；
图4-20：折线的力量。
图4-21：线在版面中的导向功能。

2、由边界和轮廓产生的线。线有时不是单独存在的，它可能是面的边缘和交界，并且有时弱化，有时强化，有时明确，有时模糊；

3、线具有导向和界限功能。
图4-22：合理利用广告产品的轮廓产生的线。
图4-23：以线为主要构图元素的广告。

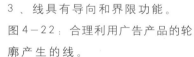

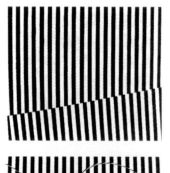

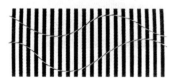

图4-20

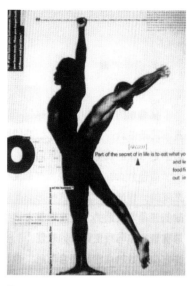

图4-21

图4-22

在设计中，线条不可能是单一存在的，直线与直线，曲线与曲线，直线与曲线的各种组合，从而产生无数视觉形象，设计中所运用的线条就是多种线条的组合。

图4-23

4—1—3 面的造型

1、面的视觉特征

面按照数学的解释是线移动的轨迹。从视觉上来说，任何点的扩大和聚集，线的宽度增加或围合都可以形成面（见图4—24）。面最大的特征就是可以通过面积形成视觉上的充实感。

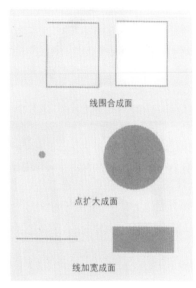

图4-24 点、线向面的转化

2、面的分类

面是和"形状"最密切的形式，面可以分为几何形和任意形。几何形又可分为直线几何形和曲线几何形，任意形也可分为非几何形态的曲面与偶然性的直线边形态。几何形与任意形相比在视觉上显示明显的秩序性，正是这种秩序性能吸引视觉，给人一种整齐有序、舒适完整的心理美感。

几何形有三种最基本的形态：方形、三角形、圆形，在空间上可以有四种不同的维向，每种维向都可以在设计中产生不同的视觉感受（见图4—25）。

在形象的组合中，不可能完全把各自形象独立置于画面空间，而是或并置，或交叠，从而使形象瓦解。各种面的形态在设计中都有明确的作用，这种作用是通过各自的突出性来显示的。

比较容易引起注意的六种面：

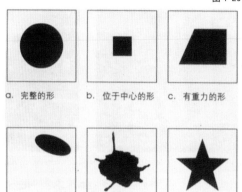

图4-26 比较容易引起注意的六种面

a. 完整的形　　b. 位于中心的形　　c. 有重力的形

d. 紧张的形　　e. 异质的形　　f. 熟悉的形

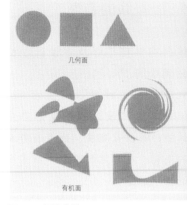

几何面

有机面

图4-25 面的分类

从图例可知，容易引起视觉注意的形实际上是视觉的引导点，在设计中对传达重要信息有关键的作用。

图4-27 "新商品"，"81万画素"为容易引起注意的形

图4-28 几何形的面进行重叠排列，并有意识地倾斜，传达设计主题

3. 面在设计中的应用

调子、色彩、肌理、外轮廓也是形成面的表情的因素，它们共同决定了面给人的感受是温和或坚强、秀美或粗糙等，在设计中根据不同的表达目的进行处理（见图4-29，图4-30）。

(1) 面的轮廓

(2) 面的明暗和色彩对比

(3) 面的虚实对比

(4) 面的大小对比

(5) 有机面.几何形的对比

4-1-4 丰富设计语言的方法——肌理与质感

肌理和质感是把触觉感受引入到平面视觉中。由于我们在日常生活中接触过这些材料，因

图4-29

图4-30

此当我们在平面中看到这些图象时会唤起我们的感受。

生活中纯粹的平面图形是不存在的，任何形态都是依附于某种材料上的。不同材料的组织结构通过肌理和质感展现出来，

或者人为地再现某种材料的结构和纹路。肌理侧重于材料纹理，质感则更偏重于材料和质量对心理的暗示，如丝绸和钢铁分别给人柔软光滑和冰冷坚硬的感觉。

图4-31 烧焦肌理的运用

图4-32 不同材质肌理的运用

肌理的审美价值集中体现在一下四个方面：

（1）表情的丰富性，使人产生联想；

（2）结构上的逻辑性和形式感；

（3）色彩的自然美与内在的和谐性；

（4）由肌理所传达的物质信息，具有对事物的判断意义。

肌理和质感在 p o p 广告设计中的应用要点：

（1）　材料的形式构成

（2）　材料的结构设计

（3）　材料的色彩处理与光影处理

（4）　注意由材料的加工技术带来的审美特性

图 4-33　自然材质的运用

4-2　形式美法则在 POP 广告中的应用

点、线、面、肌理等为设计提供很多手段和方法。但是在设计中进行应用的时候，却可能由于手法过多而使人不知所措或过度设计（为表现而表现，为设计而设计），这时需要一些总的思考

和控制画面效果的方法－形式美法则。从设计的角度来说，形式美法则主要有如下几条：

4-2-1　变化与统一

变化与统一是形式美的总法则，是对立统一规律在版面构成上的应用。两者完美结合，是版面构成最根本的要求，也是艺表现力的因素之一。变化是一种智慧、想象的表现，是强调种种

图 4-34　四张头部特写与一系列四种产品对应，版面变化中有统一。

因素中的差异性方面，造成视觉上的跳跃。

统一是强调物质和形式中种种因素的一致性方面，最能使版面达到统一的方法是保持版面的构成要素要少一些，而组合的形式却要丰富些。统一的手法可借助均衡、调和、秩序等形式法则。

图 4-35　结构上对称又不雷同的商品陈列

4-2-2 对称与均衡

两个同一形的并列与均齐，实际上就是最简单的对称形式。对称是同等同量的平衡。对称的形式有以中轴线为轴心的左右对称；以水平线为基准的上下对称和以对称点为源的放射对称；还有以对称面出发的反转形式。其特点是稳定、庄严、整齐、秩序、安宁、沉静。对称，作为一种造型风格，是形式美法则中的一个基本概念，属于形式美的范畴，是一种基本的造型手段。对称形式发展到现代，大体上可分为三种形式，即完全对称、近似对称和反转对称。

1、完全对称
它是一种最单纯的绝对对称形式。可以说，无论怎样杂乱的形象只要采用完全对称的形式加以处理，整个造型效果就会面目改观，秩序井然。

2、近似对称
它是一种宏观上的对称，而局部又有变化的对称形式。

3、反转对称
反转对称亦称对称，就是形式相反相对。从宏观上看是对称的效果，而局部又是动感很强的形式。它有很强的现代感，是一种在非对称形式诱导下产生的变态对称形式。

图 4-36 对称的产品与产品陈列

图 4-37 对称均衡的版面设计

4-2-3 对比与调和

对比是差异性的强调，对比的因素存在于相同或相异的性质之间。也就是把相对的两要素互相比较之下产生大小、明暗、黑白、强弱、粗细、疏密、高低、远近、硬软、曲直、浓淡、动静、锐钝、轻重的对比，对比的最基本要素是显示主从关系和统一变化的效果。

调和是指适合、舒适、安定、统一，是近似性的强调，使两者或两者以上的要素相互具有共性。对比与调和是相辅相成的。在版面构成中，一般事例版面宜调和，局部版面宜对比。

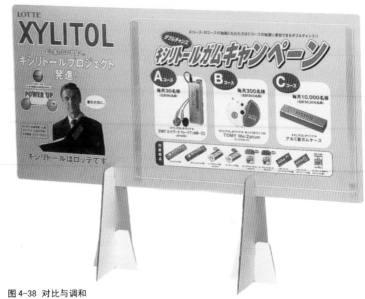

图4-38 对比与调和

图4-39 对比与调和

4-2-4 节奏与韵律

节奏与韵律来自于音乐概念，正如歌德所言："美丽属于韵律。"韵律被现代排版设计所吸收。节奏是按照一定的条理、秩序、重复连续地排列，形成一种律动形式。它有等距离的连续，也有渐变、大小、长短、明暗、形状、高低等的排列构成。在节奏中注入美的因素和情感——个性化，就有了韵律，韵律就好比是音乐中的旋律，不但有节奏更有情调，它能增强版面的感染力，开阔艺术的表现力。

图4-40 富有节奏韵律感的广告

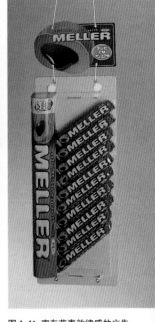

图4-41 富有节奏韵律感的广告

4-2-5 比例与适度

比例是形的整体与部分以及部分与部分之间数量的一种比率。比例又是一种用几何语言和数比词汇表现现代生活和现代科学技术的抽象艺术形式。成功的排版设计，首先取决于良好的比例：等差数列、等比数列、黄金比等。黄金比能求得最大限度的和谐，使版面被分割的不同部分产生相互联系。

适度是版面的整体与局部与人的生理或习性的某些特定标准之间的大小关系，也就是排版要从视觉上适合读者的视觉心理。比例与适度，通常具有秩序、明朗的特性，予人一种清新、自然的新感觉。

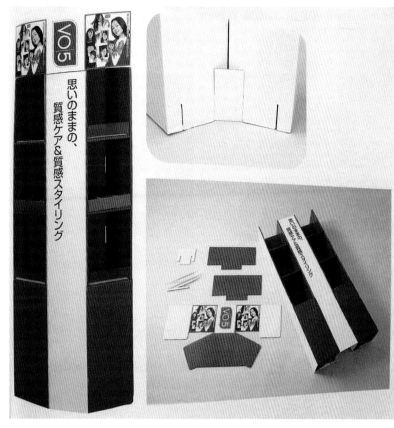

图4-42 比例协调的售点广告

图4-43

4-3 pop广告环境与布局设计

由于pop广告需要陈列在不同售点，因此在设计的时候要多方面的考虑，使其能适应不同的售点环境。

4-3-1 pop广告与环境协调性

可以说，在售点环境中，pop广告本身也成为了环境的一个视觉要素，因此在我们设计pop广告的时候，应该注意与其售点环境协调，在传达产品信息的同时，与环境其它要素相得益彰。在这里需要注意的有三点：

1、售点广告如橱窗广告不能破坏所在建筑立面；

2、售点广告的色彩、形式、大小需与所在城市环境如街道整体风格协调，不能只顾广告效应而忽视城市景观；

3、售点广告涉及到户外广告部分应遵守相关广告设置规定。
例如：
图4-43：石材墙面结合金属橱窗，现代时尚，能体现产品特征；与产品结合后，整体黑白灰层次鲜明，并有局部的彩色提亮，

与售点环境极其协调。
图4-44：旅游区的售点广告，与

图4-44

环境比较协调，不一定铺天盖地的广告才能产生效果。

图4-45

4-3-2 pop广告与受众交互性

在信息充斥眼球的今天，单一死板的广告已经缺乏竞争力，网络广告的兴起便是例证。在我们设计pop广告的时候，一方面，要考虑到与受众的信息交互性，另一方面，也可以考虑在设计中增加交互式的pop广告，这样才能更好得引起受众的关注，提升产品的吸引力。
例如：
图4-45：人行道上的多媒体广告
图4-46：商场外墙的多媒体广告
——广告售点的范围开始不断延伸

4-3-3 pop广告布局整体性

由于pop类型的丰富多样性，我们在pop广告设置中尤其要注意整体性，不能各个类型自说自话，或者宣传重点、风格不统一，对于已经过期的pop广告，应该及时更新或拆除，以免引起信息混乱。

例如：

图4-47 ：不同的广告形式，统一的传统风格，广告信息多而不乱

图4-46

图4-47

5

POP 广告设计的色彩应用

5 POP 广告设计的色彩应用

色彩是 p o p 广告设计非常重要的视觉要素之一，由于它的复杂性，我们在此专辟一章讲解。为了便于理解色彩在 p o p 广告设计中的运用，在本章后续内容中，我们将从色彩的基本概念入手，结合实际的 p o p 广告设计案例，寻求色彩在 p o p 设计中的实际运用方法。

反射的选择性，这种选择性便被称为物体的固有色；二是照射物体的光，又称：色光。不同固有色的物体在千姿百态的色光照射下，通过光的反射或吸收，形成千差万别的颜色。

色彩可分为两大色系：无彩色系与有彩色系。无彩色系有黑、白、灰色，我们在光的色散色谱上无

图 5-1，图 5-2，图 5-3，图 5-4：不同色光照射下的色彩相貌示意图等方式产生的形态。

5-1 色彩的基本概念

我们之所以可以看见色彩，是由两个基本要素决定的，一是物体的固有色：物体在光的作用下，有着一定的对光的吸收和

法见到这三种颜色，色度学上称之为黑白系列，在色立体上是以一条垂直轴表示的。无彩色系没有色相和纯度，只有明度变化；有彩色是光谱上显现出的红、橙、黄、绿、青、蓝、紫，再加

上它们之间若干调和出来的色彩。只有有彩色才具备色彩的三个要素：色相、明度、纯度（见图5-5，图5-6）。

5-1-1 色彩的三要素

研究表明，正常的视觉所感知的色彩（有彩色系）具有色相、明度、纯度三个属性，称之为色彩三要素。几乎每出现一个色彩，都伴随着三要素的不同显现，在调制色彩的时候，总会在三要素上有所侧重，有所选择。

1、色相（Hue）

色相是色彩的表象特征，是指色彩的相貌和主要倾向，也有人称其为"色名"。一种颜色之所以区别于另一种颜色，便是由于色相的不同。一个设计，主要的色彩倾向往往是色相起调性的作用。如："这张海报是红色调。"红色便是海报的主要色相。

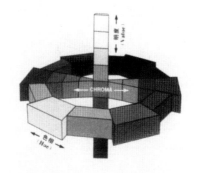

色相、明度、纯度的立体关系示意图

图5-5 色相、明度、纯度的立体关系示意图

图5-6 色相的明度关系

2、明度（Value）

明度是指色彩明暗的程度，色度学上又称为光度，深浅度。以明度的高低而言，白色明度最高，黑色明度最低。从色相环上说，不同的颜色之间已经存在着不同的明度，其中黄色明度最高，紫色明度最低。把无彩色的白色与无彩色的黑色用不等量调和，就能产生不同的灰色，把不等量的灰色按一定的规则排列，就是色彩的明度进阶表。

3、纯度（Chroma）

纯度，也称"彩度"，是指色彩的纯净程度。可见光谱中的各种单色光为极限纯度，是最纯的颜色。当一种色彩加入黑、白、灰以及其他色彩时，纯度自然会降低。纯净的色彩看起来比较刺激，视觉效果冲击力就大，但也会与其他色彩难以配合，画面往往会难以控制。所以，在我们进行设计时，有时需要降低颜色纯度，使画面中的色彩协调统一。

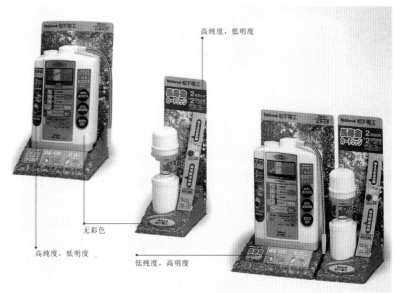

高纯度，低明度

无彩色

高纯度，低明度

低纯度，高明度

图5-7 红色调为主的产品广告

图5-8

5-1-2 原色及间色

色彩之所以丰富，是因为色彩不同量的配置会产生变化的效果，我们常见的颜色基本上是由三原色变化而来的。所谓原色就是不能再被分解或合成的色彩。原色有两个系统：一种是色光方面的，即色光三原色；另一种是色料方面的，即色料三原色。

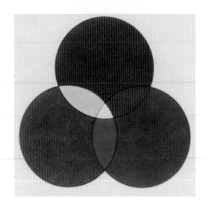

图5-9：加色混合示意图

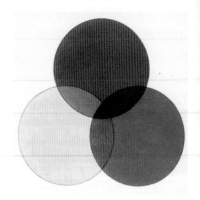

图5-10：减色混合示意图

色光的三原色：红光－Red，绿光－Green，蓝光－Blue。色光的三原色红、绿、蓝混合，混合的结果是色彩的纯度不变，而明度增加，称为加色法混合即色光混合，见图5-9。

色料的三原色：品红－Magenta，柠檬黄－ Yellow，湖蓝－Cyan。

色料的三原色混合的结果是纯度降低，颜色混合得越多，色彩的纯度就越低，属于减色法混合，见图5-10。平面印刷品中的"印刷四原色"，见图5-11，便是指色料的三原色加上黑色。

间色，是指两种原色混合而成的颜色，也称"第二次色"。红、黄、蓝三原色中的某二种原色相互混合的颜色。如红＋黄混合成橙色，黄＋蓝混合成绿色，蓝＋红混合成紫色，这里的橙、绿、紫便是间色。

原色和间色是最纯正的六种颜色，接近于光谱上标准色的程度，故又称为标准色。
间色与其它颜色再进行调和就产生了复色，又称再间色或三次色。其中既有间色与原色的调和，也有间色与间色的调和。任何复色均可找到三原色红、黄、蓝的成分，只不过其中某种原色多一些罢了。如果三原色不是等量相加的话，那么，就能够混合

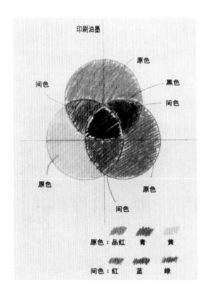

图5-11：印刷四原色

出更多的复色。

5-2 巧用无彩色计划

在pop广告设计中，有时为了传达特定的信息，如显示某产品悠久历史，表明某高科技产品的现代感，甚至是为了说明某护肤用品的安全性，经常会采用一些传统的艺术手法，如传统绘画里的"白描"，古典小说里的"插图"，明代"木刻"，"秦砖汉瓦"拓片，碑刻"造像"等。

5-2-1 纯黑白两色的应用

在pop广告设计中，单纯采用黑白两色，对比极为强烈，可以产生"剪影"效果。黑白两色相配，虽然给人以明快、清新、朴素、大方、古拙的感觉，但是也会显得单调，不够丰富。

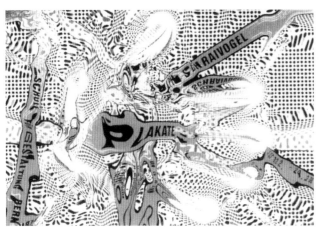

图5-12 纯黑白两色的应用

5-2-2 黑白灰的应用

单纯的黑白两色并置，会略显单调。因此在设计中，一般会加入灰色调的层次，这样，不至于过于生硬，会显得层次丰富，产生视觉美感和优美的律动感。需要说明的是：这个灰调，是指多层次的、不同深浅的灰色。

5-2-3 与有彩色的配色应用

就色彩在广告画面中的地位、面积而言，大致可区分为：背景色、

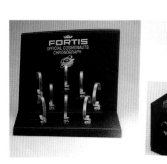

图5-13 黑白灰的应用

主体色和强调色三种。

1、背景色

即图形与文字以外的大面积的衬托颜色，也称为"地"。如用白色做背景，画面明快活泼；黑色做背景，画面沉着稳健；用灰色做衬托，则呈现高雅的格调。

2、主体色

即图形为无彩色，而背景则是有彩色，这种色彩效果也比较亮丽。

3、强调色

为了突出的文字的说明功能，广告画面的底与图都用有彩色，而文字采用无彩色。通过强调色突出需要传达的产品信息(见图6-14,图6-15)。

图5-14：画面背景以黑白灰为主，结合前景的彩色产品照片，突出了产品信息，层次鲜明

图5-15：背景为平涂的黑色人物图形结合前景的白色文字，需强调的文字信息用红色，对比强烈

5-2-4 与有彩色的调色应用

一般来说，当同时采用几种色彩的时候，如果色彩的三种属性色相、明度、纯度中有一种属性相同，那么画面比较容易统一，色彩容易取得和谐。比如，不同的有彩色加入相同明度的无彩色，会形成一个统一的色彩调子(见图5-16，图5-17)。

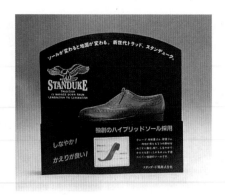

图6 16：黑色背景结合中性的咖啡色产品图片、白色及高明度绿色的文字，充分传达出了产品的特征和相关信息，简洁明了

5-3 善用色相环计划

5-3-1 伊登十二色相环

伊登十二色相环是由近代著名的色彩学家约翰斯.伊登(Johannes Itten，1888~1967)所设计的。它的中心为三原色（红、黄、蓝）构成的等边三角形，再由两等量原色混合为间色（橙、绿、紫），再将一种间色和另一种原色混合出六种复色。这样由原色、间色、复色组成了一个有规律的12种色相的色相环。色相环中每一个色相的位置都是独立的，间隔也一样，并以6个补色对，分别位于直径对立的两端，排列顺序与彩虹以及光谱的排列方式相同。在pop广告设计中，我们可以利用基于十二色相环的伊登色彩调和理论进行配色。

伊登的色彩调和理论主要包括三种选色法：

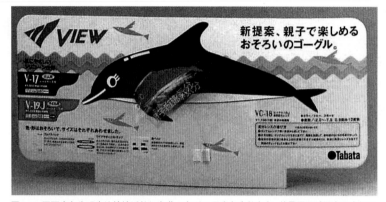

图5-17：画面底色为明度比较接近的红白蓝三色以及无彩色中的白色，前景图形采用高纯度低明度的蓝色，对比中有统一。

图 5-18 伊登十二色相环

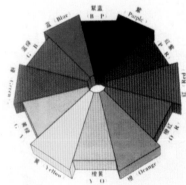

图 5-19 伊登十二色相环

图 5-20，图 5-21：双色对偶的调和

1、双色对偶的调和，即补色对比，用色相环上的对偶补色来达到互相衬托的效果；

2、三色对偶选色调和，指在色相环上多种三角形关系的色相都可以构成具有对比关系的调和色组；

3、四色对偶的调和选色，指在色相环上处于四边形顶角位置的色相，都能组成既具有对比关系又具有调和作用的色彩组合。

图 5-22

图 5-23

图 5-22，5-23，图 5-24：四色对偶的调和

5-3-2 日本二十四色相环

日本二十四色相环是由日本色彩研究所提出的色彩体系方案，这个体系以红黄蓝及橙绿紫 6 色为色相基础色，然后以间色的方法调出 24 色。此色相环又叫等差色环，因为它比较侧重等色相差的感觉。

图 5-26：主体属同色系，局部属补色系

图 5-28：红、橙、黄等暖色相、明色调的产品包装

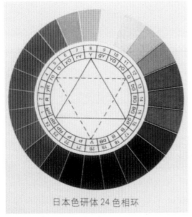

图 5-25 日本二十四色相环

在 pop 设计中，可以根据日本二十四色相环来方便的进行配色。

5-3-3 同色系与补色系

色系是指相近属性颜色的族群。同色系：同种颜色，但深浅、明暗不同。同色相配，柔和雅致。补色系：在色轮上正对的色。如红色与绿色、蓝色与橙色、黄色与紫色，补色相配能形成鲜明对比，有时能收到显著的效果（见图 5-26，图 5-27）。

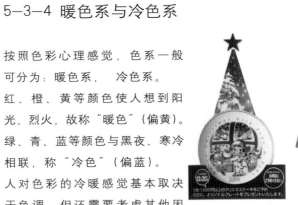

图 5-27：以红、绿补色为主的产品包装

5-3-4 暖色系与冷色系

按照色彩心理感觉，色系一般可分为：暖色系， 冷色系。
红、橙、黄等颜色使人想到阳光、烈火，故称"暖色"（偏黄）。绿、青、蓝等颜色与黑夜、寒冷相联，称"冷色"（偏蓝）。
人对色彩的冷暖感觉基本取决于色调，但还需要考虑其他因素。例如，暖色系色彩的饱和度愈高，其温暖的特性愈明显；而

冷色系色彩的亮度愈高，其特性愈明显（见图 5-28，图 5-29）。

5-3-5 明色系与暗色系

按照明度来分，色系可分为明色系，暗色系。以黄色为主的色调为明色调，给人以明快、昂扬的感觉；以紫色为主的色调为暗色

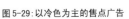

图 5-29：以冷色为主的售点广告

调，给人以沉着、含蓄的感觉。 唤起大脑和心理的活动，因此人
将明色与暗色上下配置时，若 们对色彩产生了不同的联想。
明色在上暗色在下则会显得安 现将色彩的感知属性列表如下：
定（见图5-29）。反之，若暗色
在明色上则有动感。

5-3-6 色彩的联想

不同的颜色给人的感觉是不同
的，外部的色彩刺激人的感观

表一：色彩的抽象联想

色彩		抽　象　联　想	
红		兴奋、热烈、激情、喜庆、高贵、紧张、奋进	
橙		愉快、激情、活跃、热情、精神、活泼、甜美	
黄		光明、希望、愉悦、阳和、明朗、动感、欢快	
绿		舒适、和平、新鲜、青春、希望、安宁、温和	
蓝		清爽、开朗、理智、沉静、深远、伤感、寂静	
紫		高贵、神秘、豪华、思念、悲哀、温柔、女性	
白		洁净、明朗、清晰、透明、纯真、虚无、简洁	
灰		沉着、平易、暧昧、内向、消极、失望、抑郁	
黑		深沉、庄重、成熟、稳定、坚定、压抑、悲感	

表二：色彩的意义效果

色彩		表 示 意 义	运 用 效 果	
红		自由、血、火、胜利	刺激、兴奋、强烈煽动效果	
橙		阳光、火、美食	活泼、愉快、有朝气	
黄		阳光、黄金、收获	华丽、富丽堂皇	
绿		和平、春天、青年	友善、舒适	
蓝		天空、海洋、信念	冷静、智慧、开阔	
紫		忏悔、女性	神秘感、女性化	
白		贞洁、光明	纯洁、清爽	
灰		质朴、阴天	普通、平易	
黑		夜、高雅、死亡	气魄、高贵、男性化	

6

手绘 POP 广告制作

6 手绘POP 广告制作

在商业运营的实战中，有些情况采用手绘pop广告的方法，能够快速提高销售量。手绘pop广告有制作快速、发布方便、信息传达清晰明确的特点。好的手绘POP具有很强的表现力，能够像艺术品一样的吸引消费者的目光。但做一个熟练POP美工，它应当从三个方面进行训练，提高专业素养。一是对中西文和数字符号的表现与驾驭，熟悉多种字体的样式、结构，能够自由的应用；二是要求美术师有好的绘图、绘画修养，懂得如何构图，如何用不同的艺术手法去表现一幅广告；三是要懂得如何运用排版、装饰等手段，使广告画面具有审美特征。

总之，在手绘pop广告制作中，要求设计与制作者具备熟练的书写与绘制能力，在短时间内完成广告的设计、制作与发布工作。

6-1 POP 手绘文字设计

划分为三种，中文、西文、数字。三种文字分别由各自的结体特征，但在表现的时候都需要与形式相结合，这样就形成了文字设计。在POP广告中最忌讳的是没有设计的文字出现在POP广告画面中，无论是数字还是文案都需要进行设计，要有字形，要有排版。

6-1-1 汉字的演变及特征

1. 汉字的字体。

如果从汉字的字体演变来理解，汉字的字体有甲骨、金文、小篆、大篆、隶书、楷书、行书、草书等多种。但最容易辨认辨识的是楷书和隶书。但这些艺术字体在广告中应用的数量并不多，大多数字体是计算机里面的汉字字体，宋体、黑体、楷体等。在POP广告中应用起来比较易书写的是两种，一是带装饰饰脚的宋体，一是平直的黑体。这两种字体书写起来流畅快速，非常受青睐。

2、汉字的特征。

汉字的外形的总特征为方块字。可以是长方形可以是正方形。汉字结体以方形为主，大多数的汉字是方形的。

汉字字体比较与例字

字体		例字			
手书体	篆书	耩	宇	美	妙
	隶书	漢	字	美	妙
	真书	漢	字	美	妙
	行书	漢	字	美	妙
	草书	漢	字	美	妙
印刷体	宋体	漢	字	美	妙
	仿宋	漢	字	美	妙
	黑体	漢	字	美	妙

汉字（部分合体字）结构的基本比例

上下结构	1/2 / 1/2	2/5 / 3/5	3/5 / 2/5	1/3 / 1/3 / 1/3
	昌品	直商	共售	意冀
左右结构	1/2 1/2	2/5 3/5	3/5 2/5	1/3 1/3 1/3
	銷放	購物	都制	撇街

6-1-2 手绘文字书写技法

当你选择一种书写工具时，你会发现与之相适应的书写手法。问题的关键是你如何去驾驭这种工具去服务于设计构思。下面用马克笔为例让你了解工具与应用工具的关系。

用笔主要是"因势利导"。因笔迹的形态去书写字态、字形。用笔的正、侧两面去写出丰富多变的字体。主要是对粗细笔迹的应用。

1. 黑体字的方法。

黑体字应用范围非常广，变化多，易于掌握，是POP手绘中出现最多的字体，他的特点是横竖平直，变化在笔画粗细关系的处理上。黑体字是否能够写好关键在单个字和一整句的字形与空间排布的关系处理是否适当，这需要进行多次的练习与训练。

笔画		要领	例字	
ノ	长斜撇	方起，呈弧形向左下行笔；收笔上角尖，下角钝，底可直，亦可微向内曲。	人	大
ノ	长竖撇	方起，直下，至收笔前向左下撇出，收笔同上。	月	周
㇏	长斜捺	方起，呈弧形向右下行笔，收笔上角尖，下角钝，底可直，亦可微向内曲。	叉	收
㇏	平捺	方起，自左上向右下曲行，再转为平行，收笔上角尖，下角钝，底可直，亦可微向内曲。	退	走
㇚	横钩	横起竖收或斜收，相交处成尖角，内外皆方。	买	空

黑体笔画要领与例字

笔画		要领	例字	
丶	右短点	自左上向右下行笔，方起方落，成矩形。	立	江
丶	右长点	自左上向右下行笔，方起方落，略成弧形。	心	冬
ノ	左长点	自右上向左下行笔，方起方落，略成弧形。	必	冷
一	横	方起方落，平行运笔。	三	元
丨	竖	方起方落，垂直运笔。	卜	十
一	平撇	朝右下斜向切入起笔，行笔渐向右上，收笔上角尖，下角钝，略成上弧形。	千	禾

笔画	名称	要点	例字				
亅	竖钩	竖行折向左成直角尖出，内方外圆，勾上角尖，下角锐，长度约同竖粗。	丁 列	女	同	好	妃
丿	左弯钩	方起、向下成弓形至左勾出，钩形同上。	狂 豚	糸 纟		红	红
乀	右斜钩	方起、向右下成弧形行笔，朝右上勾出，钩上尖下圆。	弋 武	言 讠		請	请
乚	竖平钩	竖起横行，至右向上勾出，钩形同上。	孔 兄	車 车		軒	轩
乛	横折	横起竖收，相交处成直角，内外皆方。	口 司	金 钅		鈎	钩

* 单个字体。单字比较好写，而且手绘POP的汉字书写应当从单字入手。具体的做法是在相同尺寸的方形或者长方形的纸上进行练习，一个字一个字的写。主要是掌握不同结构的字体。比如，单体结构与复合体结构、上下结构、左右结构。在空间布局上要处理好在空间布局上要处理好黑白空间关系，"有争有让"，笔画少的地方要让空间，笔画多的地方要争面积，详见右面两图。

* 一整句是在熟练掌握单体字的基础上，将众多的字组合为一行，或横行或竖行。关键在于字与字之间的关系要处理得当。基本设计书写方法一是中线为准，左右平衡；二是上紧下松，上大下小。

傳統口味

傳統風味

鄉野風味

快乐的仲秋节

全场货品
1至5折
凭VIP卡再扶 折上加折
9折优惠

2． 宋体字的方法

宋体字较比黑体字难掌握。他
与黑体字的不同在于，笔画之
中的勾挑、点撇、提等都有明显
的笔画特征。对这些笔画特征
进行整合设计以后产生了多种
类型的宋体变化种类和样式。
比如，中宋、细宋、仿宋、长宋、
扁宋、斜宋。

在用马克笔和毛笔等工具书写
POP 的时候在于笔画特征要统
一。请看右面两组实例。

3． 英文字体的书写技法

英文字体可分为希腊字体、罗
马字体、巴洛克字体等许多字
体样式。在书写过程中要注意
每种样式的总体特征。最应避
免在一行英文中出现两种风格
的字体。对待英文字的设计要
在字母上把握统一性，要将形
态近似的英文字母加以明确区
分。如，Q、G 两个字母很容易写
的雷同；I、L 也容易混淆。

4． 数字与符号

一般的情况下我们会将数字与
中英文用不同的字体或者颜色
加以区分。尤其是在写英文与
数字在同一画面中的时候，一
定要严格的把数字符号与文字
区分开来避免混乱视觉产生错
误的信息传达。

◆第一步，仍然是练好八种笔画。请参见：《宋体笔画要领与例字》

宋体笔画要领与例字

笔 画		要 领	例 字
丶	右斜点	头左尾右，上尖下圆，形似瓜子。	立 冬
丿	左垂点	头右尾左，上尖下圆，形似瓜子。	心 宇
㇀	挑	起笔斜向切入，上挑时下边笔呈弧形，形似楔子。	挑 担

一	横	起笔平齐，行笔水平，收笔成直三角形，比竖画细。	元 旦
丨	竖	起笔斜向切入，且有棱角，垂直行笔，收笔向右上方斜成弧形。	十 同
一	平撇	起笔向右下方切入，行笔自右至左渐成平行，细至收笔，撇下边略呈弧形。	千 禾

5． 美术字的变化原则与方法

所谓美术字就是在一般字形上加上形态创意，使其赋予一定的意义，让这个意义与传达的主题相吻合。美术字的变化是要有节制的，千万不要为了创意而创意。使一句完整的话变成了象形字的组合是毫无疑义的。关键词、关键的字加上形态的创意和变化才能起到传播快速明显的作用。

变化原则：

（1） 依据基本字体

变化方法：

（1） 笔划变形

（2） 笔划变化同一

（2） 结体变形

（3） 形变力求简约

（3） 形象写意法

（4） 投影法

（5） 立体法

（6） 装饰法

边线装饰

内部色块装饰

加底色，中间加黑线强化

6-2 POP 手绘插图设计

一般而言，手绘pop的构成，文字是主体，图形为亮点。所谓图文并茂，实则是以图饰文，借以提升pop的感召力。

6-2-1 表现手法

1. 简化手法

在手绘插图表现中，是必须将复杂的图像加以简化的。简化的方法可以依据绘画工具的性能采取三种不同的形式。一是线条化处理；二是片、面化处理；三是综合处理。所有的简化都是为了信息传达的清晰、明确。同时也会节省下许多制作的时间，使广告快速发布出去。

2. 强化手法

强化的目的是为了在图像中突出主要的形象，让主体更加鲜明。他能在短时间内进入受众的视线，引导受众进入广告内容。强调的插图手法，一个是加强画面主体物的对比度或者色彩的饱和度，二是在排版中使图形处于显要的位置，用文案辅助说明。

3. 漫画手法

漫画是一种夸张的表现形式，它可以使形象更加生动有趣，更能吸引受众的目光。

4. 写实手法

有些情况下，一幅广告内容需要用简化、夸张或者漫画的形势，但通过写实的手法可以使所传达的广告信息更真实可信。由于是用手绘的办法来绘制广告内容，所以必须要求绘制者有很好的写实功底。但这里所说的写实与照片有很大的区别。请看下面的几组实例。

6-2-2 制作方法

1. 徒手绘制

运用不同种类的绘画工具来绘制，要求美工能够采用多种手段绘制 POP 广告。右面是三种工具绘制的广告实例。

2. 感光绘制

感光绘制是一种特殊的手绘。他是采用特制的感光笔或感光纸来完成的。如下图

4. 拼贴绘制

拼贴较上面几种形式更加复杂，但视觉效果更佳，更具有欣赏和观赏的特征。做一些相对时间长一点的广告比较适合。拼贴的重点在于采用什么样的材料，还要注意材料之间的协调关系。

3. 影印缩放

在制作图形的时候还可以采取〝敲图章〞的办法将有趣的图形印在广告中会产生意想不到的效果。如下图

6-3 POP 手绘装饰手法

6-3-1 底的装饰

为了使画面更加生动，更能够在众多的广告中脱颖而出，加强底的装饰是一种常用的方法。一幅广告画面应该分为图和底两个部分，图是要通过底来衬托，那么将底做好，能够很好的服务于立体形象和文案，就是一个艺术处理的手段问题了。

底的绘制可以通过三种方法加以处理，但前提是不可喧宾夺主。

1．色块底饰

色块的形状、面积和色彩冷暖倾向都会使受众产生不同心理感受！使用色块做底饰要注意不可喧宾夺主，应当与主体、文案标题相辅。实例：

色块底饰

2．图案做底饰

图案又称做底纹，底纹可以规则也可以不规则。使用图案做底饰时，要注意黑白或冷暖关系的反衬。

图形底纹

3．肌理底饰

用肌理做底饰的时候要注意肌理运用的形态是否适合。所谓肌理是有形态之分别的，肌理的大小、粗细、形状、色彩等都会与前景发生关系。

6-3-2 框的装饰

有些情况下，广告内容绘制好后，画面显得不稳定或者不能够吸引消费者的目光。

如果在边上加一定的框饰会使画面清晰夺目。框的形式也有多种，抽象元素与具象元素都可以做成框饰。框的形式可以是全包围也可以是半包围，甚至是角的关系。

几何底纹

肌理底饰

1．线条型饰框

线条本身的特性是有方向、角度、粗细、长短关系的。在不同的情况下应采取不同样式的线条来处理画面，以求达到最佳效果。例图如下：

2. 几何型饰框

利用三角形、圆形、方形等几何形状来装饰画面，能够起到凸显主体物的作用。由于主体图形多数是具象型，所以抽象几何形状会起到很好的对比作用。例图如下：

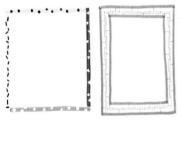

3. 漫画饰框

用一些小巧的漫画图形作框饰，会给受众留下制作精巧的印象。

尤其在做儿童产品广告时，用一些可爱漫画图形可以吸引儿童和家长的目光。例图如下：

4. 花边型饰框

花边是一种令人产生亲切感的图形。花边能很好的烘托画面气氛。例图如下：

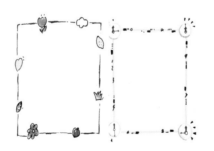

5. 字形饰框

运用文案和文字作饰框是极好的创意。在应用的时候要注意采用的内容要与主题相吻合，例如节日里的一些吉祥字、词，或者英文、数字都应该用很强的表现力。

例图如下：

7

立体 POP 广告的制作

7 立体POP广告的制作

立体pop广告的制作是一个复杂的过程，它应是广告策划与广告创意的集中体现。立体pop广告制作中材料的选择是一个关键因素，它关系到制作成本和宣传效果。但好的pop广告它不仅体现在选材方面，还体现在结构设计与图形图像的创意方面。本章将通过选材、结构设计、图形创意三方面来探讨立体pop广告的制作。

7—1 立体POP广告材料的选择

选材是pop广告制作的第一步，材料的选择和应用也会体现出一位设计师的设计和创意水平。当今国外的一些高品质的pop广告，在材料的创新方面是值得我们借鉴吸收的，尤其是材料材质的综合应用方面，体现出了发达国家先进的技术应用能力。经过学习我们发现许多pop广告是由多种材料结合而成，下面我们将结合案例解说不同材料的特点及应用范围。

7-1-1 纸质材料

各类纸张、纸板在pop广告材料中应该是最为低廉的了，多数广告客户喜欢用这种材料，纸制品印刷方便不需要特殊技术，材质轻不占分量，可以与产品一起发放给分销商，组合折叠都很自如，是最广泛的pop形式。

纸的种类很多，但不外乎纸张和纸板，它们有厚度、密度和硬度的区别，厚纸板还有不同的内部结构。设计师可以利用这些特性，制成多种类型的pop广告。

纸制品印刷很方便，如果选择其他材料，解决印刷技术是个很大的问题，无形中会提升广告成本。纸板有很好的韧性，价格低而且很容易得到，这些都决定了纸品是pop的首选材料。

7-1-2 布质材料

各种灯箱布、转印布，价格低廉适合低成本广告，此种形式的广告视觉效果并不比其他形式逊色，并可以大批量制作。

7-1-3 木质材料

木质材料具有生活气息，对受众有一种亲切感，能够提升产品的品质。

7—1—4 金属材料

金属材料坚固可以长时间使用，因此许多长年使用的广告宣传栏，放置宣传品的展架多采用金属等坚固材料。

如下图：产品金属网架

如下图：广告架

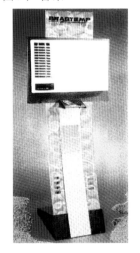

7-1-5　新型材料

如下图：有机玻璃制成，后面打上光源

如下图：这种复合材料适合长期陈列

多种材料相结合，能够提升产品的品质
如右图

如下图：此种充气材料轻便，悬吊起来很有诱目性

7-2　立体POP广告结构设计

立体ＰＯＰ较比其他平面与手绘ＰＯＰ广告有很好地展示和宣传功能。它有一定的视觉空间广告效果极佳。在做一个立体ＰＯＰ结构设计之前，要考虑产品与ＰＯＰ框架合理的结合，选择最佳的组合方式。在设计立体结构的时候，应当依据产品的体积、形态、大小、总量、功能等要素。

7-2-1　展示式POP广告卡片

卡片类ＰＯＰ包括展示卡、标签、价目签、说明卡、卡片式招牌等，它小巧灵活。卡片类ＰＯＰ形式上是属于平面类的广告，但它与产品相结合，也具有了空间性质，布放、贴接也要考虑空间展示效果。由于卡片宣传目的不同其设计形式和样式也应该不尽相同。在设计与制作的过程中，不仅要灵活多变，还应借鉴多种艺术手法，把平面构成、立体构成、招牌广告、工业设计、建筑设计、贺卡设计、名片设计制作综合到一起。
如下图

如下图：将标签设计成灯泡的形状很有创意。

如下图：可以将标签设计成立体与平面多种样式

如右图：有时将标签设计成大尺寸的pop广告卡片也非常具有视觉冲击力

如下图：这些标签是及时贴的形式，使用起来非常方便。

如下图：此种结构标签以粘接为固定方式。

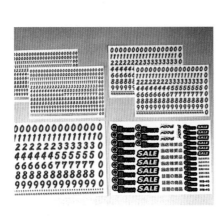

7-2-2 陈列性展示架结构设计

陈列性展架要求用一张平面的纸板经过切、割、折等手法，与多种粘贴方式转化成立体POP形态。陈列性展示架具有多角度的立体空间效果。制作时为使展示架能够竖立平稳，选用较厚且有韧性的纸材，如常用的厚卡纸、普通卡纸、有机玻璃板、塑料、PVC材料、相片纸等。

对于相对独立的产品，我们建议用此种方式作pop如右图

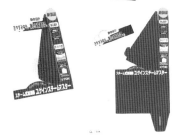

7-2-3 悬吊式框架结构设计

悬吊式POP也叫悬挂式POP。这种形式的POP广告可以悬于卖场天棚上和货物架上，距离很远就能使观者看到。既能很好的宣传产品，又能装饰卖场的购物环境。悬挂POP广告的立体形态要考虑展示角度和组合形

如左图：这三个pop主要考虑的是产品的封闭性和展示性。

如右图：这两个pop展示架的设计是为了使不同方向上看都有可展示的广告内容

如右图：这个展架用了两种材料，既考虑到了承载的产品重量，又考虑到了制作成本

式。连成一片和成串的组合能产生较强烈的节奏感与韵律感，制作的形态可大可小，根据展示的角度的不同可以设计成立体的也可以设计成平面的。如右图

悬吊式框架结构根据装饰卖场和购物环境功能去设计，选择不同的悬挂方式。

如右图：可以采用平面单面设计方式。

如下图：垂挂的方式适合在高处悬挂。

如右图：可以采用双面立体与平面相结合的方式。

如下图：采用双面两幅特殊印刷方式，悬挂方法也很有创意

如下图：在过道上方横幅式的形式

如下图：将各种产品的包装盒悬挂起来，起到很好的招徕作用

如下图：与小型体的产品结合适合挂在低处的货架上

7-2-4 立地组合式框架结构设计

立地式结构分为两种形式：一种是为产品摆放所设计的结构样式；一种是招牌式的立地POP。立地结构类似于立体构成的原理。

但应着重考虑稳定性和受力的均衡性。它的材质多采用坚硬、轻质的纸板和塑料、金属，用纸板做框架结构具有可折叠的特点，可以与所销售的产品一起发放到销售点，是多数制造商青睐的POP形势。

如下图：在内部设金属支架，外部看上去非常时尚

如下图：采用立体构成的方式设计的立地结构

如下图：在底部设计一个平面以稳固支撑

如下图：这组立地结构设计的非常可爱，外形象卡通的楼房，每一层又起到货架的作用

7—2—5 光电和声像式POP结构设计

光电和声像式结构具有很强的传播优势。事实上，它并不比其他的POP复杂很多。在一些广告材料店中我们可以购买到小型电动机，与电池结合的小组件，把它与纸板结构组合到一起，可以产生摆动，旋转的效果，利用这些特点可以制成动态的POP立体结构。有些高档的POP还可以借用电子设备，如电脑、投影、电视机、各种灯具来制作出独立的立地式POP。

如下图：霓虹灯形式

如下图：这种结构设计令人眼花缭乱，在其底部有一个电动装置，设计的玄妙之处在于将几个招牌通过金属件连接后，产生了同步动作

如下图：货架形式的立地结构

如下图：壁灯形式

如右图：采用外接电源的
方式，制作出高档的灯箱
招牌

如下图：直接将电脑或者
电视机放进展示台中，通
过屏幕的活动画面来做广
告。有时也可设计成触摸
屏的形式

如下图：底部设计为小型电动
机，用电池驱动使招牌摇摆，这
种结构非常吸引眼球

7-3 立体POP广告图形设计

7-3-1 图形与结构相结合的设计方法

图形与结构结合的步骤应该是：先将结构设计好，然后选定图形要来布放的位置。立体结构设计好后，必须制作出实物模型，实物模型提供了折叠的形状和位置。我们可以将显露在外部有色彩和图形的平面标注出来，然后在电脑中，设计出效果图。效果图与平面图是有区别的，效果图是立体空间的，平面图是图形色彩在特定范围内的设计，经过周密的计算，把图形与文案精确排版，具体的图形比例关系和准确的尺寸都应该以实物模型为基准。

图形的应用可以烘托氛围，提升展示效果，图形的内容，大小比例是要根据具体情况而定。

图形与结构结合并不是非常复杂，只要将暴露在外部的部分用图形与颜色覆盖掉便可以了。所以搞清结构方式和部件与部件的结合关系是非常重要的。

在图形设计中要搞清主要展示面。将标题、广告语、产品说明、企业标识有秩序的设计安排。一般情况下，要根据受众的视觉动线进行设计。

7-3-2 图形与结构的结合形式

POP 是为了说明产品和宣传产品的，它的好处是可以用图像代替商品，尤其是大而重的产品，利用产品图片做广告显得更为重要。但有些情况下图像需要与宣传的产品配合应用。这样我们把它概括分成两种形式。一种是产品的图片代替产品实物，一种是图形与文案说明产品实物。

用以原大的产品图片说明产品的功能特点，此方式比较适合体积与 pop 尺寸相当的产品类型。

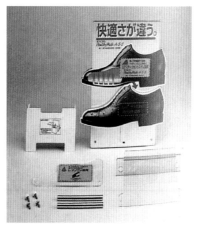
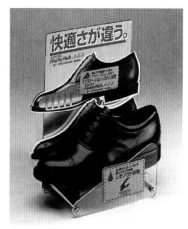

如右图：多数pop广告是立体的，图形设计要考虑到不同的角度和高度，如何让消费者在短时间内了解广告内容，设计者不应该让消费者在图形中寻找，而应考虑到受众的视点位置。

如左图及下图：这组柜台式的pop是由多个部件构成，设计者将所有部件与图形精密结合，我们可以看到立柱用白色包裹起来，还有折角处也用白色覆盖掉了，使它组装以后看不到任何纸板的颜色。

如右图：对于形体比较大的产品
我们常常将图形和广告语设计成
小型的块面，粘贴在产品上和一
些新的功能的外部设置上。这种
情况下更容易将粘接面裸露在
外，所以要制作好模型后再贴
图，才不会出现差错。

8

POP 广告电脑设计基础

8 POP 广告电脑设计基础

POP 广告设计可以通过多种电脑图形软件来完成，但它比较适合用矢量图软件来设计。根据本书的特点，我们将介绍 coreldraw II 来制作 POP 广告。一个 POP 广告制作前，设计公司和设计者会提供一套设计图纸，它们包括平面结构图、立体结构图、效果图、组装图等，在图纸中要提供详尽的尺寸数据和颜色信息。下面我们将通过三组范例进行说明。

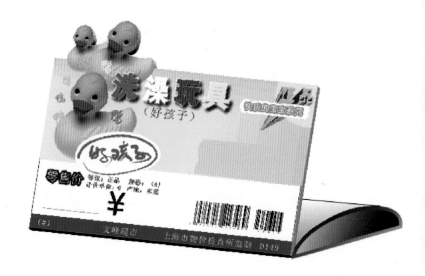

Coreldraw11 工作界面

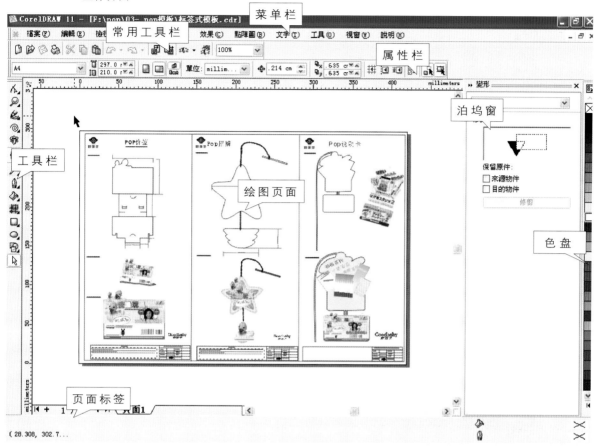

1. 菜单栏，点击菜单栏的各项可以延伸出下拉列表，根据需要选择执行的命令。

2. 常用工具栏，包括新建文档、开启文档、保存文档、剪切、复制等。

3. 属性栏，当点选工具箱中的某类工具时，在属性栏中都会显示此种工具的属性和相关信息。并通过属性栏中的按钮，可以完成一些动作。

工具箱

形状工具列

调色盘

手绘工具列

多边形工具列

文字工具

交互式调和工具列

吸管、颜料桶工具

轮廓工具列

填色工具列

交互式填充工具列

矩形工具列

椭圆形工具列

基本形状工具列

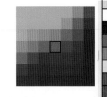

用左键点击此处，可将对象颜色去除，用右键点击此处，可将对象轮廓颜色去除

取色盘：
注：当用鼠标左键点住色标，停留一会便会弹出此面板

点击此箭头便会弹出更多色彩

8-1 POP 广告结构图

8-1-1 标签结构图

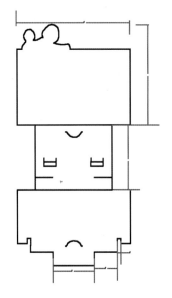

1.建立图形

选择矩形工具 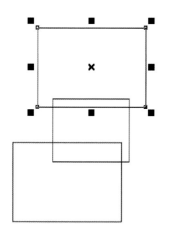 ，在工作区建立三个矩形，按下面的位置关系布置好。用 ⬚ 挑选工具圈选三个图形，执行排列→对齐与分配→垂直齐中对齐。或者点选属性栏对齐按钮 ⬚ 。在对齐面板中进行对齐。

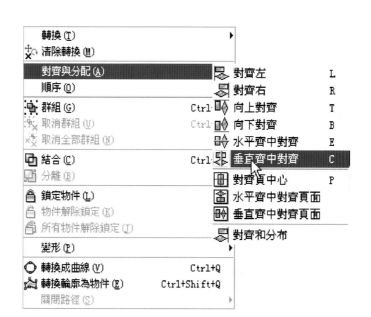

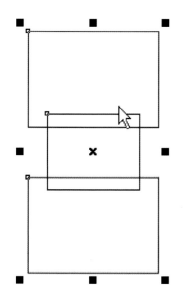

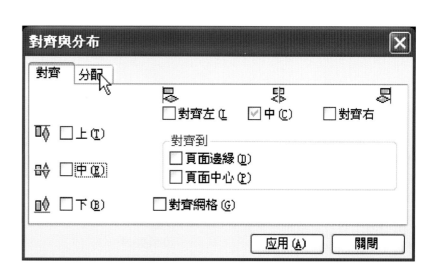

2．合并图形

用挑选工具 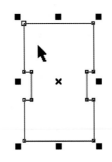 ，同时选择三个矩形。执行排列→变形→焊接→合并为一个图形。或者点击属性栏中 按钮完成合并。

3． 选择矩形工具；在图形左下角建立一个小矩形，然后将其复制，并用键盘右滑键将其平移到图形右下角，然后将两个图形群组（同时选择并群组，执行排列→群组命令）快捷键ctrl+G。

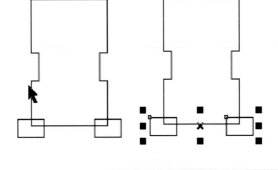

也可以在属性栏中点击 按钮将其群组。再将三个图形选择，执行排列→对齐与分配→垂直齐中对齐。

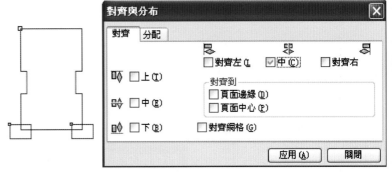

8—1—2 结构图修剪方法

1． 修剪图形

执行视窗→卷帘视窗→变形卷帘。将变形卷帘的项目选择为修剪，将保留原件中的来源复选框控选。选择被群组的两个小矩形，在卷帘面板中点选修剪按钮，再将鼠标移到被修剪的图形上，鼠标的形态将会变成 ，然后点击被修剪的物体完成修剪。

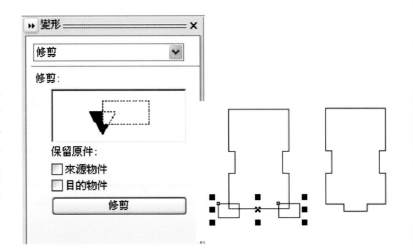

2. 修建外形轮廓

继续执行相同步骤，用两个小矩形修剪下两个缺口，可以在标尺上，用鼠标点住并拖出三根辅助线，进行矩形之间的定位。然后再次修剪。

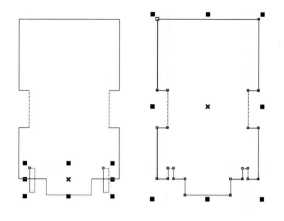

3. 设置虚线

在图形内部画出四条平行线，按图示安排好位置。按住shift键逐点选，选择四条线段，再点选

轮廓工具 ，点选轮廓笔，将轮廓笔对话框点开，在对话中点选样式复选框右侧下拉箭头，选

择虚线的样式。将平行线设置为虚线。

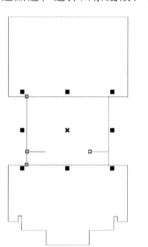

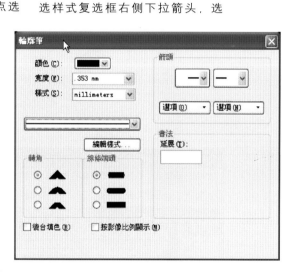

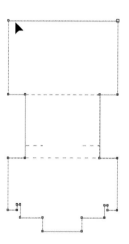

4. 打矩形孔

选择矩形工具，画出两个小矩形，用两个小矩形修剪出两个矩形孔洞。

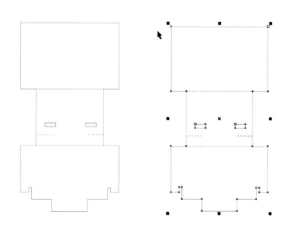

5．绘制弧线

选择椭圆工具 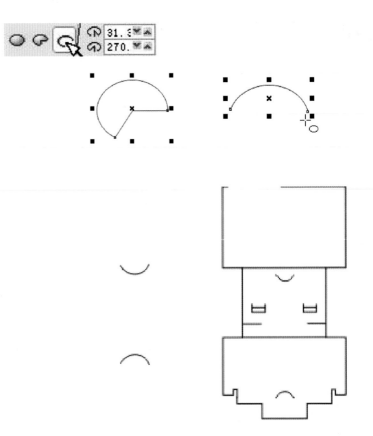，按住鼠标左键沿对角拖曳至适当的大小，放开鼠标后完成椭圆形。点选椭圆，在浮动面板上再点击弧线按钮，将鼠标点击弧线的端点进行调解使其变为弧线。

鼠标向内拖可使椭圆变成饼形。鼠标向外拖可使椭圆变成弧线。

6．平面图完成

将弧线复制，选择复制的弧线。在浮动面板上点击对应按钮，将其垂直反转，经过缩放后，放在相应的位置上，再执行垂直居中对齐，使弧线位于图形中心位置。

8-2 POP广告平面设计图

8-2-1　标签平面设计图

1．裁剪图片

打开photoshop软件，打开范例图，小鸭，用魔术棒点选小鸭白色区域，选择白色区域，然后进行反选。将选区转化成路径，选择路径，执行，文件→导出→路径到illustrater命令，将路径存储到一个文件夹中。

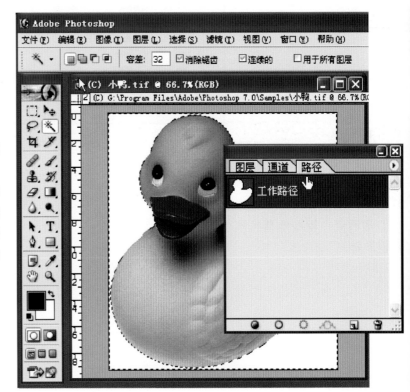

2. 将路径导入coreldraw

先将小鸭图片置入coreldraw中，然后执行，档案→置入，找到上次保存的ai格式路径，选择后，鼠标变成 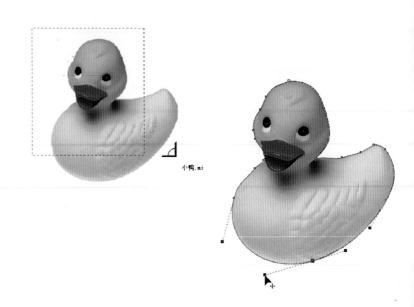用鼠标在小鸭图片上按住鼠标左键向右下方拖曳，将小鸭路径导入进来，用鼠标右键点选调色盘中的黑色，给路径一个色彩，将其变为可见。用选取工具进行缩放，与小鸭外轮廓对齐，并用形状工具，在路上双击加点，然后来分别调整。

3. 冻结图形

点选小鸭上的路径执行，效果→镜头命令，在平面板右侧出现，镜头面板，在复选列表中，点选下拉箭头，选择透明度，将比率调节到100％，然后点选冻结，然后点击套用按钮，完成冻结。用鼠标点击小鸭，将小鸭移开，小鸭便被挖出来了。接下来可以用鼠标右键点选色盘中的去除色彩 按钮，将黑边路经色彩去除。

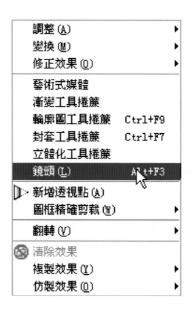

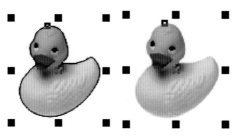

4.　分离路经与小鸭群组

点选小鸭，在属性栏点击 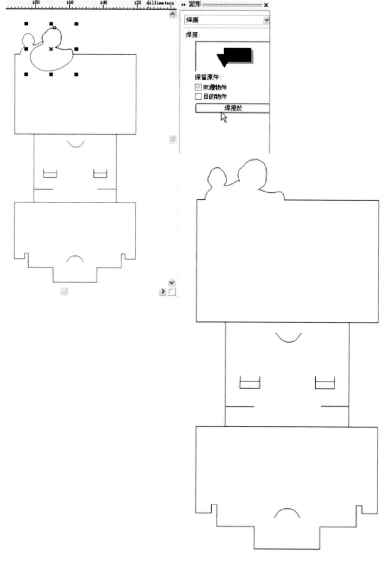 按钮，取消群组，点选小鸭路径，将其移开，与上节中标签结构图相组合，经过复制，调整比例，调用变形面板，执行焊接，将两部分组合形成轮廓。

5.　裁图的另一个方法

除了上述方式，（在photoshop中导出ai格式路径），还可以手绘工具 直接勾划出路径。将小鸭图片置入工作区，用手绘工具画出简略路径，再用造型工具 进行精细调节，调节好后进行冻结。

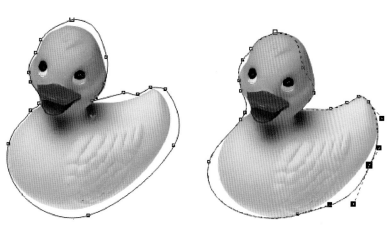

6. 设计平面图

将结构图复制，将多出的下半部删除。删除的方式是，先将群组关系取消，将内部的虚线与弧线点选后删除[delete键]。用造型工具 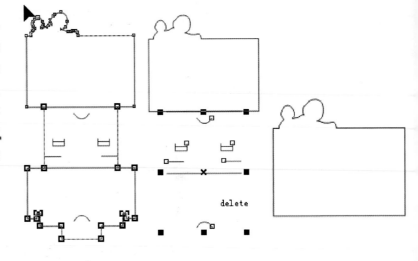 选择下半部多余的锚点，在属性栏中点击 按钮，减除锚点使结构图变为平面图。

8-2-2 设计平面图

1. 布置背景色彩

将标签平面图背景设置为白色。选择矩形工具，拉出两个矩形，矩形的宽度与标签的宽度一致，分别将矩形的色彩在色盘中选好，选择色彩的方式使用左键点选色盘的色彩，获得矩形的色彩，用鼠标右键点选色盘的色彩获得轮廓的色彩。这里我们将轮廓色彩去掉，用右键点击色盘顶端的 色彩去除按钮，将轮廓色彩去掉。将两个矩形色彩布放在平面图中，并将它们对齐后群组。

ctrl+G 群组

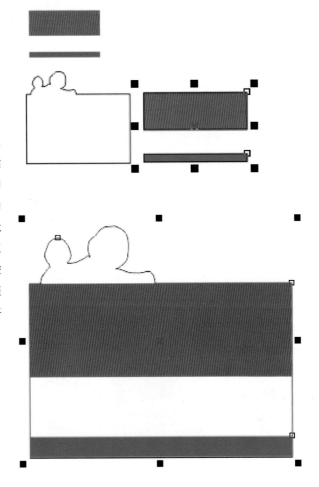

2. 用艺术笔书写品牌文字

选择艺术笔触工具 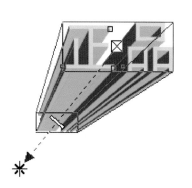，在属性栏中点选预设效果 ，在预设效果列表中选择 笔触，然后调节笔触工具的宽度 12.5 mm ，在工作区书写出文字，按住鼠标左键直接写出［好孩子］三个字，选择形状工具 ，点击笔划，调节字的结构位置，再用椭圆工具画出一个椭圆，将椭圆设置为白色，在椭圆上点击右键，弹出对话框，执行排列→到最后面，将椭圆置于文字底部，并给文字填上蓝色后，与椭圆群组。

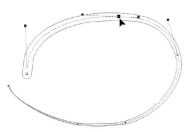

3. 文案输入及文案字效

输入下列文字

标题：洗澡伙伴

广告语：快乐宝宝系列

文案：零售价

等级：正品

规格：（A）

计价单位：6

产地：东莞文峰超市

上海市物价检查所监制Ｄ１４９

洗澡小伙伴

（1）立体化文字

选择"正品"两字，点击 工具，在属性栏中将字体设为黑体

将字体色彩设为绿色，在点选立体化工具 ，按住鼠标左键在文字上点住后，鼠标变成 ，向下方拖曳，形成立体化文字，在属性栏中设置照明关系，点选

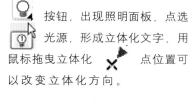 按钮，出现照明面板，点选光源，形成立体化文字，用鼠标拖曳立体化 点位置可以改变立体化方向。

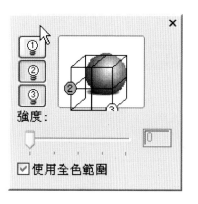
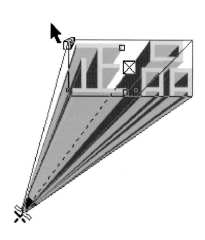

（2） 轮廓文字与阴影效果

选择"洗澡玩具"文字。点击文字工具 字 ，在属性栏中点击幼圆字体，执行排列→分离艺术字，将文字分离。将文字全部选定，选择交互式轮廓工具 回 ，

在属性栏中点击 回 向外分离按钮，执行排列→分离轮廓命令，取消文字与轮廓群组，删除原文字，点击背影轮廓将颜色变为白色。选择轮廓，点击交互式阴影工具 回 ，在白色轮廓上拖曳出

阴影，用鼠标点住阴影方向标，调节好阴影方向和位置。然后将白色文字分别设置蓝、白、玫瑰红、黄四种不同的色彩。

（3） 插入条形码

在工作区内，执行编辑→插入条码命令。弹出条形码面板，输入相应的数字，然后确定。

（4） 特殊符号

执行文字→插入字元命令，在工作面板右侧弹出插入字元面板。找到价格符号，将其直接拖入画面。

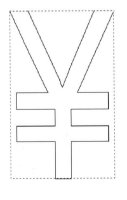

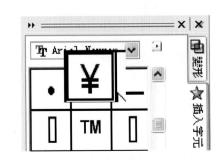

(5) 弧形文字

复制"鸭"字，将两个"鸭"字，设置为楷体和不同的色彩，点选交互式渐变工具 ，从一个"鸭"字，向另一个鸭字拖曳，出现鸭字的过渡，在属性栏中调节步数为  7步，完成鸭字的交互渐变。用椭圆工具画出一个弧线，将弧线调解为拱形。再用选取工具点选交互渐变的鸭字，属性栏变成交互渐变状态，在属性栏上点击

新建路径按钮，选择新增路径，鼠标变为 ，用鼠标点选弧线，形成鸭字的新增路径，然后在属性栏上点选 杂项渐变选项，点选沿全路径渐变复选框，使文字沿弧形路径均匀分开。 接下来可以用造型工具，调节路径，使其获得理想的效果。接下来用鼠标右键点击色盘上的去色按钮，将路径上的颜色去掉。

(6) 将元素组合排版

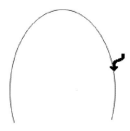

新增路徑 (N)
顯示路徑 (S)
從路徑分離 (D)

映射節點 ✕
分割
熔合始端
熔合末端
□ 沿全路徑漸變
□ 旋轉所有物件

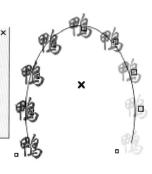

8—3 POP 广告效果图

8—3—1 平面图旋转、倾斜

将平面图旋转、倾斜。先将平面图各种元素群组，然后执行菜单点阵图命令，然后进行旋转、倾斜。

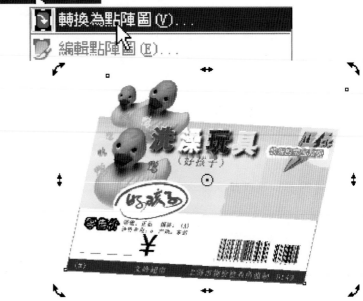

8—3—2 结构线框转化为立体结构

将结构线框转化为立体结构。选择线框结构，点选立体化按钮，将平面图转化为立体结构，在属性栏重点选立体化类型按钮下拉箭头，在弹出面板中点选平行透视关系按钮，给立体化后的图形填充一个白色，以便看清结构关系。调解中心节点取得合适的厚薄度。

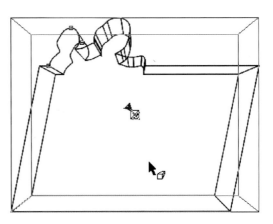

注：调解中心点厚薄度，接近于纸板的效果

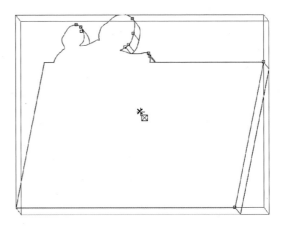

注：点选平行透视关系按钮

调解中心点厚薄度，接近于纸板的效果。

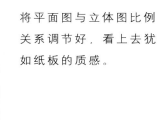

8—3—4 绘制支撑结构

在标签右下角画出饼形结构。将饼形进行角度调整，适合透视关系。然后进行复制，将其移开备用。在点选原来的饼形，然后点击轮廓工具，点选较粗的线，将饼形线框变粗。执行排列→转换轮廓为物件命令，将轮廓设为黑色，内部填充颜色为白色。分别

8—3—3 贴图

将平面图与立体图比例关系调节好，看上去犹如纸板的质感。

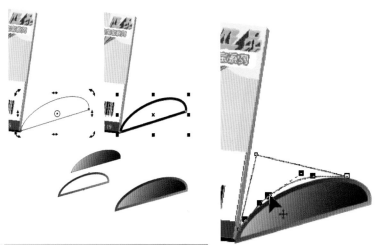

転換輪廓為物件 (E)　　Ctrl+Shift+Q

将两个图形填充为渐变色彩，点选油漆桶工具的延伸工具，选择渐变填色对话方块，然后调整好位置。再用手绘工具绘制出顶部结构，在进行渐变填充，最后完成效果图。

POP 广告设计训练题

POP 广告设计训练题

一、设计习题

1、如何在pop广告设计中运用图形？试举例说明。

2、在pop广告的版面设计中，何谓视觉动线？如何利用视觉动线突出广告主体信息？

3、肌理在pop广告设计中有什么作用？试用纸为主要材料，结合其它不同材料（如金属…），营造听觉、触觉目标，将安全、高科技、柔和、舒适、甜美变成肌理形象。

4、自选若干优秀的pop广告作品，迅速进行构图练习，只要简单勾勒画面结构和黑白关系，关键是了解各种构图手法。

5、何谓形式美法则？试用对称与均衡法则设计一个柜台式pop广告。

6、何谓色相环？思考不同色相环在不同环境下的应用。

7、试举例说明冷色系与暖色系在pop广告中的不同应用。

8、思考如何将各种形式的pop广告加以组合应用，试举例说明。

二、实践题

1、将下列广告文案用所学的手绘字体样式灵活的表现出来，形成一幅纯文字的pop广告。要求主题突出，色彩明快，字体大小、样式差别开，注意视觉动线的流畅。尺寸为一整开张。
品牌字：
Hisense（英文）
空调海信
广告语：
环保急先锋
空调新指标
关键词语：中国001号环保空调、

低噪、节能、绿色、健康。

说明文字：

ISO9000

ISO14000 认证

欧共体CE认证

澳标GE认证

中国环境标志产品

2、根据下列广告信息，制作出一份有创意的手绘pop广告，图形要用简化的办法进行处理。尺寸为一整开张。

广告主题：诗乐园朗诵会

广告语：浪漫、温馨、激情、深沉尽显人生真情

时间：今晚八点来相会

地点：红太阳书屋

主办者：上海建桥学院学生会

3、根据下面产品的相关信息，设计并制作一个柜台式的pop结构。将所给定的元素列入设计事项：

明基

E520 数码相机

DC E520

Pentax SMC 防炫超级多层镀膜镜头

VGA 视频，支持录影暂停

超大2.5吋23万像素LTPS显示屏幕

体积88 x 58 x 23.7 mm（最薄处为21mm）

重量130 g （不含电池）

4、根据下面产品的相关信息，设计并制作一个悬吊式的pop结构并将图形与结构有机结合。

要求自拟文案，辅助图片自选。

Nina Ricci 莲娜丽姿 Love In Paris 爱在巴黎女士香水 30ml

产品简介：

每个人在恋爱过程中，都有一段难以忘怀的回忆。每一款NINA RICCI的香水背后，都有个美丽的爱情故事.......

Nina Ricci 在2004年推出 Love In Paris 爱在巴黎女香，藉由香味的变化，表达在梦境与现实中游走的一种浪漫氛围，传达恋爱从开花到结果的过程，创造香氛设计的最高境界，以香氛的变化叙述故事与牵动人心的感动。

以纯净的新鲜花香调为基底，调香师 Aurelien Guichard 将前味融入意大利佛手柑，清新的香味伴随星茴甜香，使香气有如一见钟情的花火般，令人着迷；中味以玫瑰、牡丹等温暖的香调，辅以具有性感香味的杏桃、及淡淡茉莉花香，模拟恋爱时，相互依存的两人关系；持久的后调，则以象征永恒的麝香木质调作结。Aurelien Guichard 希望，女性在使用该瓶香水时，脑中即能浮现，收到心仪对象赠送一大束装点着露珠的玫瑰般喜悦。

香调：花香调

前味：意大利佛手柑、星茴香

中味：玫瑰、牡丹、杏桃、茉莉

后味：麝香、香草

5、根据下面产品的相关信息，设计并制作一个立地式的pop结构并将图形与结构有机结合。

要求自拟文案，辅助图片可查阅图库。

爱朵儿

英 文 名:idollhome

主要产品:女童服装\服饰\娃娃

公司名称:福州爱朵儿服饰有限公司

福州爱朵儿服饰有限公司是瑞典天使儿童用品有限公司旗下"天使"品牌童装和娃娃在中国大陆地区的总代理商。"天使"品牌于上世纪60年代中期在瑞典创立，专业设计、生产女童服装和用品，并且在欧洲首创了将童装与娃娃相结合进行设计生产并组合销售的经营模式，历经几十年发展成为瑞典乃至欧洲的知名儿童服装和用品品牌。2004年福州爱朵儿服饰有限公司获得瑞典天使儿童用品有限公司的授权，将这个来自瑞典的"天使"引入中国市场，同时为了适应中国文化和语言的习惯，将其命名为"朵儿"娃娃，注册了"爱朵儿"和"IDOLL HOME"的中英文商标，做为在中国市场推广的品牌。

"爱朵儿"的设计不仅突显了儿童天真活泼，好动的一面，也展现了新时代的孩子崇尚自然，追求自我的生活方式。她针对儿童的生理和心理的特点，在面料的选用上以高品质的纯棉面料为主，辅以国际市场流行的一些环保材料，具有易洗、耐磨、柔软、透气、吸湿性强、不损孩子皮肤

的特点。"爱朵儿"的产品在尺寸和版型上不仅要求穿着合身、舒适、自然，还充分考虑到孩子的成长过程中独立能力的培养，产品尽量方便儿童的自行穿脱。"将爱心融入设计，把健康带给孩子"是"爱朵儿"一贯秉持的理念，"爱朵儿"不仅希望将国外流行的时尚元素带来中国，最重要的是把尊重，关爱儿童的理念和健康的儿童用品带给所有的父母亲和孩子们，悉心呵护、关注孩子成长的每一天。

风格定位：梦幻．缤纷．纯洁．天使般美丽的儿童服饰品牌
产品定位：3———16岁追求飘逸感与浪漫感的花样年华的小女孩
产品结构：精品童装．鞋帽．休闲包．饰品．．．．．美丽天使的打扮
价格定位：全国统一零售价　春夏装50—150

6、据下面的策略单，应用CoreIDRAW分别设计出此产品柜台式pop和货架式pop 结构图和效果图。
企业状况：
好孩子集团公司
好孩子GOODBABY,是中国最大的专业从事儿童用品设计、制造和销售的企业集团。位于中国江苏昆山经济开发区，占地66万平方米，具有年生产300万辆各类童车的能力。集团十数家专业生产企业全部与世界一流制造公司进行了合资、合作，其装备、技术、生产管理和质量控

制体系均进入了国际先进行列。"关怀儿童、服务家庭"为企业宗旨，每年投资过百万美元，用于开发研制新产品，至今已拥有中国专利280项,国际专利13项。目前生产婴儿推车、儿童自行车、三轮车、学步车、童床、童装、餐椅、纸尿裤、玩具等共十大门类的1500余个品种。
好孩子GOODBABY通过在国内拥有的由25家销售中心、4000家销售点组成的销售网络，走进了万千消费者的家庭，成为中国儿童用品市场最畅销的产品。好孩子产品远销美国、东南亚、南美、中东、俄罗斯等30多个国家和地区。
据国家轻工总会最新统计，好孩子童车的市场占有率达到了70%以上，并连续5年获同类产品全国销量第一和质量检测第一，获全国童车行业唯一的国家优质产品奖，连续二次被评为江苏省名牌产品,"好孩子"牌商标被评为江苏省著名商标。

单位地址：昆山市陆家镇录溪东路20号
邮编：215331
法人代表：宋郑还
电话：86－520－7671798
传真：86－520－7671558
产品业务联系人：富晶秋
电话：86－520－7671798
传真：86－520－7671558
电子信箱：goodbaby@publicl.sz..js.cn

产品状况：
好孩子牌洗浴玩具系列

鸭鸭系列（4件套）、鲨鲨系列（4件套）、小猪系列（4件套）造型可爱，材料柔软，适合幼儿游戏。
1、原料成分：FEILU－400W菲律宾产无味橡胶，色剂，香精。工艺：高温热压彩印技术。
2、形态（20CM长、15CM宽、17CM高）、淡黄颜色、重量260克、质量等级一级抗磨损噬咬。
3、价格15元、规格正品4件套。
4、适用对象：0－6岁幼儿。
5、包装：盒装内嵌硬塑模，手提柄，长方造型。
6、使用说明：大一只，三只小。产品取出后，将三只小玩具放在大只的背上凹槽内，可浮在水面上。每只小玩具都有吸水喷水功能，幼儿用手轻轻挤压便可在发声的同时喷出水来，大只底部有浴棉垫可贴近皮肤擦洗，使用时可涂浴液及香皂。

广告计划：
（1）、广告目标：配合夏季好孩子橡胶玩具制品销售。
（2）、广告概念：体现幼儿"在水中的乐趣"。
（3）、广告主题；主题是统领各媒体传播中的思想灵魂，应与产品定位相联系，本产品重点在打动母亲们，为母亲们排忧解难。小宝宝的欢乐就是妈妈们的欢乐，所以广告主题为"水中的开心宝宝"。
（4）、表现形式：本广告是为销

售终端（超市、专店、百货、零售店）进行的策划，形式上与产品同时展示，具有宣传、促销、引导功能。根据产品形态，可采用标签式柜台式、悬吊式、立地式、包装式、橱窗式、招贴式、光电式多种型式。

广告创意：

（1）、图形：兼顾企业形象、产品形象的表现，所以每种类型的POP都必须出现品牌标志及产品形象。

（2）、文案：此款玩具主要在幼儿洗浴时游戏使用，体现与水接触时的乐趣，据调查分析幼儿在一岁过后有一阶段怕水期，家长应适当采用间接手段使小宝宝适应水性。

广告语："在水中的乐趣"

主标题："水中的开心宝宝"

副标题："夏天来了宝宝的新朋友"

参考文献：

1　《p.o.p.设计　4》湖南美术出版社　2005　责任编辑：李松　曹勇

2　《pop 广告设计》湖北美术出版社　2002　编著：汪涛

3　《彩色平面设计》　中国青年出版社　2003　编著：Karen Triedman，Cheryl Dangel Cullen

4　《构成艺术》同济大学出版社　2004　编著：黄英杰　周锐　丁玉红

5　《平面构成》上海人民美术出版社　2005 年　编著：毛溪

6　《平面设计与材料应用》江西美术出版社　2005　编著：陈楠

7　《艺术与设计》2005 年 04 月

8　《现代 pop 广告设计与制作》辽宁美术出版社－刘祥波　李焱－编著

9　《日本 pop 广告设计精粹》中国轻工业出版社－日本 AG 公司编著

后记

在广告学的长期教学中，我们深深体会到：理论与实际操作的结合至关重要。良好的策划思想、创意理念表现为具体形象是一种质的飞跃，这需要有出色的创意理念，更要有扎实的设计、制作功底。这也正是广告教学由抽象转化为具体的重要环节，也是广告教学更上一层楼的突破口。为此我们组织有教学经验，设计功底深厚的教学第一线的老师编著了这本教材。

该书的第一章、第二章由姜智彬老师撰写，第三章、第四章、第五章由卢国英老师撰写，第六章、第七章、第八章由田新民老师撰写，全书的排版工作由卢国英老师负责完成。特别要提及的是卢国英老师对本书图例的补充和完善做了大量的工作，另外，金晓磊老师对本书的排版也做了大量的努力。制定该书的提纲和统稿工作由董景寰老师完成。

图书在版编目（CIP）数据

POP广告设计／董景寰编著. 一上海：上海人民美术
出版社，2006.7
（广告与设计系列教材）
ISBN 7-5322-4704-X

Ⅰ.P... Ⅱ.董... Ⅲ. 广告-宣传画-设计-高等
学校-教材 Ⅳ. J524.3

中国版本图书馆 CIP 数据核字（2006）第 067245 号

POP广告设计-《广告与设计》系列教材
编　　著：董景寰　卢国英　姜智彬　田新民
责任编辑：张　晶
装帧设计：卢国英
技术编辑：季　卫
出版发行：上海人民美术出版社
　　　　　（地址：上海市长乐路672弄33号　邮购电话：021
　　　　　-64668747　邮编：200040）
印　　刷：上海质胜印刷有限公司
开　　本：787×1092　1/16　8印张
出版日期：2006年7月第1版　2006年7月第1次印刷
印　　数：0001-5250
书　　号：ISBN 7-5322-4704-X/J·4205
定　　价：38.00元